NAGES LIBRES

Du même auteur

Lettres de Bagdad,
Éditions Thierry Marchaisse, 2013.

Lucas Menget

NAGES LIBRES

ÉQUATEURS

ISBN : 978-2-3828-4334-5.

Dépôt légal : juin 2022.

170 *bis*, boulevard du Montparnasse, 75014 Paris.

editions-des-equateurs@orange.fr
www.editionsdesequateurs.fr

À ma mère,
Maryvonne Menget-Le Moal.

« Il lui fallait maintenant s'enfoncer dans la mer chaude, se perdre pour se retrouver, nager dans la lune et la tiédeur pour que se taise ce qui en lui restait du passé et que naisse le chant profond de son bonheur. Il se dévêtit, descendit quelques rochers et entra dans la mer. Elle était chaude comme un corps, fuyait le long de son bras, et se collait à ses jambes d'une étreinte insaisissable et toujours présente. »

Camus, *La Mort heureuse*.

I

Wendell

À Locquirec, la plus fameuse nageuse du village est une amie. Elle vit dans une maison du port, à moins de 50 mètres de la mer quand elle est haute. Elle est anglaise et américaine, roule dans une voiture tout-terrain des années 70, parle français comme Jane Birkin. Elle s'appelle Wendell Steavenson mais tout le monde l'appelle Wendy. Blonde, fine, élégante, elle écrit des romans américains et des articles anglais. Chaque jour, à la marée haute, vêtue de son peignoir blanc, elle descend à la plage, entre dans l'eau avec grâce et sourire, toujours en maillot une pièce rouge. Par hasard, elle est devenue la chef de file d'un groupe de nageurs : « Les pingouins en peignoir blanc », petite troupe d'une quinzaine de personnes qui ne ratent pour rien au monde le bain de l'écrivaine. Au fil du temps, elle est devenue cette nageuse d'eau froide compulsive.

À mon arrivée dans le village, elle m'informe de l'heure de la marée haute. Quand je n'y suis pas, elle m'envoie des photos de la mer ou quelque pensée liée à l'eau. Un jour, elle m'écrit ce message : « *Je me disais ce matin (dans la mer, grise, froide, sombre, février), quelle est la différence entre se baigner et nager ? La terminologie anglaise a changé au fil du temps : autrefois on allait à la mer et on portait une tenue de bain. On entrait dans l'eau dans une carriole de bain poussée depuis le rivage. Plus tard, on est allé "nager" en portant des maillots de bain. Maintenant on va juste piquer une tête,* going for a dip. »

Autour d'un feu après le bain, avec un whisky ou un Negroni à sa façon (très fort), nos discussions tournent autour de la mer, des similitudes et différences des deux côtés de la Manche et de l'Atlantique. Les mots, l'histoire, les habitudes. Les marées, jamais identiques, et si mal expliquées en Bretagne. Elle a lu tout ce qu'elle trouvait sur les marées, et conclu qu'on racontait un peu n'importe quoi. « Ce n'est pas seulement un cycle lunaire, ce serait trop simple, c'est aussi une question de profondeurs, d'éloignement des rivages, de côtes : c'est pour ça que les marées sont si fortes entre la France et l'Angleterre, c'est parce que nous sommes trop proches. » La mer est nouvelle dans sa vie. Après une enfance entre Londres et New York, elle a vécu à Tbilissi, Bagdad, Beyrouth, Le Caire, Jérusalem et Paris. Et ne cherchait nulle part à nager, sauf pour se rafraîchir dans une piscine. Trois décennies de reportage pour les plus prestigieux journaux du monde, un éloignement de ses racines, et, tout à coup, l'immobilité, le village, la vie qui rétrécit.

Installée dans le Finistère, Wendy regarde les autres nager. Elle se souvient de sa Grande-Bretagne où les bains du Nouvel An sont très anciens. « Ça fait plus de cent ans qu'on se baigne au Nouvel An dans les étangs de Londres ! » Peut-être un peu piquée par ces Bretons qui se prennent pour des Anglais, elle envisage de se mettre à l'eau… Mais c'est surtout le chagrin qui la guide vers la mer. Elle l'a écrit dans un article pour le *Guardian*, au titre aussi cinglant qu'intraduisible : « Cold Comfort ». Wendy revient d'un séjour aux États-Unis, elle a rompu avec l'homme qui partageait sa vie depuis dix ans. Quelques mois plus tôt, son père adoré est mort. Elle est en ruines. Elle pleure et n'arrive plus à écrire une ligne. Elle se sent déracinée sur cette presqu'île, le français lui apparaît impossible à apprendre. Un roman à finir. Plus d'inspiration. Elle fait du feu, regarde les flammes. Son regard tombe sur la combinaison de natation qu'elle a utilisée l'été précédent pour nager sans avoir froid. Tout à coup lui vient l'idée de nager sans la « combi ». Nous sommes début novembre. Les journées sont déjà courtes. Elle enfile un maillot, passe son peignoir. Et marche vers l'eau. Elle entre, elle est frigorifiée, mais elle tient. Elle s'aperçoit qu'elle n'est pas morte. Ni de tristesse, ni de chagrin, ni de froid.

Son sang anglais reprend le dessus. Elle ne peut plus se passer de son bain quotidien. « Une semaine éloignée de mes bains, et je me sens mal, je dépéris. » Chaque jour, elle a trois vies. L'écriture d'un roman, l'écriture d'articles, et la nage. Sans la nage, aucune ligne ne peut désormais être écrite. « Nager est un spa pour le cerveau, je le lave et j'écris. » Dans l'eau, elle a le regard au loin, indifférente aux autres nageurs. Elle se concentre sur ce qu'elle sent, ressent. De temps en temps, elle vérifie sur sa montre jaune vif, bien lisible, qu'elle ne s'attarde pas trop. Elle ne met pas la tête dans l'eau, elle porte un bonnet en laine pour se protéger. Elle nage une brasse classique, simple, efficace. À chaque mouvement, ses bras chassent la tristesse, le deuil, et la replacent dans le sillon de la vie : « *For some reason, it's almost impossible to cry in the sea.* »

2

L'eau froide

Les premières secondes sont une lutte, un tiraillement entre la peur du froid et l'acceptation du plaisir. Le froid d'ailleurs aiguise la peur : il pétrifie, immobilise, étouffe. C'est un shoot. Une vague de face est une gifle hérissée de pics gelés. Un courant glacé, une trahison : ce n'était pas dans nos prévisions, il faut en sortir au plus vite. Mais, une fois émancipé de la douleur, le corps entre dans un état fugace de liberté, intense, jouissive. La morsure se transforme en étreinte.

26/12

11 h du matin. Port. Maillot. Temps gris, pas de pluie. Temp. ext. : 11°. Temp. eau : 8,5°. Entré vite dans l'eau, marché sans m'arrêter. Bras le long du corps. Jambes qui brûlent. Puis torse. Choc. Brasse immédiate. Première minute glaciale. Ensuite sensation de chaud pendant 4 minutes. Nage : 12 minutes. Agréable.

01/01

15 h. Vent de sud. Fond de la baie. Un peu de soleil. Temp. ext. : 13°. Temp. eau : 9°. Fort clapot. Froid moins vif. Le corps s'habitue. Clea tient bien, reste avec moi. Migraine disparue. 11 minutes. Je sens encore le corps chauffer à l'intérieur une heure après la sortie de l'eau.

Dès que possible, je nage. Quels que soient le temps, la température, le vent. Une fois par jour, à marée haute. Le plus souvent, c'est chez moi, dans le Finistère « nord ». Mais, si un autre océan me tend les bras, je n'hésite pas. J'ai toujours un maillot dans mes affaires. J'aime conserver le souvenir de ces instants douloureux et merveilleux à la fois. Qu'est-ce qui nous pousse à descendre quasiment nus sur une plage ventée, humide et glaciale ? Le préambule est pourtant vite un mauvais souvenir. La suite, un combat, contre le froid et contre soi, une conquête et une capitulation. Résister et lâcher prise. En général, la science des bains froids recommande de ne pas dépasser une minute par degré. 9°, 9 minutes, etc. Il suffit d'une percée de lumière dans les nuages gris pour ressentir enfin l'onde de bonheur. Un rayon de soleil est la caresse érotique des pingouins que nous sommes. Une mer froide, lisse ou délicatement ondulée, une invitation à prolonger une brasse glissante, pour fendre avec délicatesse la surface, et ne laisser de soi qu'une imperceptible trace.

« Je ne sais quelle ivresse électrique est en elle, qu'on voudrait toute absorber », écrit Michelet dans *La Mer* en 1860. À la fin du bain, prendre une grande inspiration, son courage à deux bras, et plonger la tête sous l'eau. La sentir envelopper le crâne, les yeux, les oreilles, la nuque, la bouche. Prolonger l'instant juste avant qu'une légère barre de douleur ne vienne transpercer le front. Tout est dans la mesure de cet instant. Deux minutes de trop augurent des frissons pour la journée, parfois d'un grand coup de fatigue. À force, je connais mon corps et j'apprends à ressentir plus de plaisir et moins de douleur. Le pincement de la peur se fait de plus en plus discret.

Dans mon village breton, je ne suis pas le seul à me baigner toute l'année. Depuis une décennie, un petit club informel de nageurs « d'eau froide » se réunit tous les jours. Essentiellement des retraités très actifs côté océan. Les « Bonnets rouges » ont leur boucle de messagerie instantanée où défilent tout au long de la journée l'heure et le lieu précis du bain, en fonction de plusieurs paramètres : la marée (à Locquirec, l'étiage est de 9 mètres, la marée très basse retire la mer trop loin), la direction du vent, la force de la mer, les courants, la luminosité, et l'envie. « Ce matin, j'irais volontiers sur la plage de Pors-ar-Villiec, elle est magnifique sous cette lumière. » Au fil des années, le groupe compte 80 abonnés. Tous ne sont pas là chaque jour, surtout en juillet et août, où l'on vaque à nos occupations estivales et familiales. C'est en février et mars que se mesure la détermination : la mer suit avec un peu de retard la courbe des températures de l'air. En mars, le ciel recouvre ses couleurs et les fleurs apparaissent dans les jardins. De son côté, la mer tarde à se réchauffer. Notre groupe dénombre alors quelques résistants. Surtout des nageuses. À la sortie de l'eau, on se remet des décorations balnéaires et imaginaires : « Elle était vraiment froide, tu as bien tenu », « 6,5°, c'est mon record. Que c'est bon quand même ! » Les plus équipés sortent une Thermos, un thé chaud, les plus hardis, un petit mélange d'alcool fort : le coup de fouet qui permet de remonter la rue avant de se pelotonner au coin du feu.

Sur toutes les côtes françaises de la mer du Nord à la Méditerranée en passant par la Manche et l'Atlantique, les bains d'hiver suscitent un engouement. Le bain du premier de l'an n'est plus une exception réservée à quelques givrés. Les études scientifiques se multiplient. Ainsi une étudiante a consacré sa thèse de pharmacie aux « Bienfaits de la baignade en eau froide ». Elle a examiné l'état de santé déclaré des « Ours blancs de Biarritz », un collectif qui a la particularité de se baigner dans l'océan, en maillot de bain, par tous les temps, tout au long de l'année. Peu de travaux ont encore été réalisés sur ces pratiques de plus en plus répandues alors qu'elles pourraient constituer une alternative thérapeutique précieuse chez certains individus. Sites internet, ouvrages de vulgarisation scientifique : l'eau froide est à la mode, alors qu'elle était considérée, il n'y a pas si longtemps, comme une lubie pour mamies bretonnes au sang chaud.

Pourtant, le bain froid est une recette ancienne ! Dans son *Histoire naturelle*, Pline raconte les étonnantes expériences de Charmis, médecin marseillais du règne de Néron, dans les années 50 de notre ère. S'inspirant de pratiques grecques, il parvient à guérir ses plus nobles patients grâce à l'hydrothérapie, en les plongeant l'hiver dans l'eau du port : les douleurs des aristocrates romains disparaissent, leurs colères s'estompent. Le médecin fait des émules. Et jusqu'à Rome on ne jure plus que par ces longues immersions dans les bains gelés.

J'ai sous les yeux un traité français de *La Pratique de l'hydrothérapie*, rédigé en 1891 par Émile Duval, médecin chef et fondateur de l'Institut d'hydrothérapie. Son propos liminaire est encore valable : « Dans l'eau, deux grandes fonctions sont immédiatement modifiées : la circulation et la respiration ; la contracture des petits vaisseaux cutanés retentit de proche en proche sur le cœur, dont les contractions se font plus énergiques. L'émotion ressentie, physique et physiologique à la fois, provoque des inspirations plus profondes et plus rapides, l'air pénètre jusqu'aux dernières vésicules des poumons […] l'organisme soumis à l'hydrothérapie en sort excité de toutes parts, mais de la bonne façon. »

Il faut imaginer les patients vomissant sur la plage, écœurés par l'eau de mer, frigorifiés. Les vêtements lourds et gorgés d'eau. Les femmes engoncées dans de longues robes de bains maintenues par une ceinture de cuir. Les hommes en costumes aux allures de pyjamas bouffants. Et les médecins, monocle à l'œil, carnet à la main, réclamant une « suffocation supplémentaire ». Aussitôt, le malade est empoigné, soulevé et renversé. Tête en bas, pieds vers le ciel, il est ainsi maintenu jusqu'à la prochaine vague. Alors, on immerge le crâne… C'est plus une torture qu'un bain de mer. Mais la mode thérapeutique est lancée. Désormais, sur les côtes européennes, la mer froide est une renaissance : elle accorde vigueur et joie.

Aujourd'hui, il suffit de quelques clics numériques (et d'un certificat médical) pour s'inscrire à une course en eau froide, voire gelée. Celles d'hiver sont prisées, notamment dans des lacs de montagne où personne n'aurait imaginé plonger une main il y a peu. Les spécialistes sont formels. L'eau froide agit sur plusieurs fronts. En élevant la température du corps (pour ne pas mourir de froid), on brûle nombre de calories. L'augmentation de la circulation sanguine entraîne une élévation des globules blancs, renforce les défenses immunitaires.

À leur manière empirique, tous les « Bonnets rouges » de Locquirec l'affirment : ils n'ont plus ni rhume ni grippe. Dans l'eau froide, le cerveau libère en masse une série de molécules : endorphine, sérotonine, cortisol. Un shoot d'hormones ! Le stress intense provoqué par la basse température intime au cerveau l'ordre de nous rendre ce moment supportable, voire agréable. Pendant les quelques minutes, rarement plus de dix, du bain froid, le monde se réduit à mes mouvements. Plus rien n'entrave le glissement de mon corps dans l'eau. Même sombre, le ciel devient protecteur. La mer enveloppe, protège, nourrit. Les bateaux du port s'érigent en balises rassurantes. Je me sens soudain complet, tout mon corps réuni.

28/01

Ext. 10°. Eau 7°. Mer pleine, calme, presque pas de vent. Entrée rapide mais sensation glaciale. Grand froid aux mollets et aux pieds. Impression qu'ils ne répondent plus. Mains et bras bien. Eau gris foncée. Sensation soudaine de grande chaleur. Long bain, 11 minutes. Grand bonheur. À la sortie, peau rouge vif. Et calme.

3

Matthew et Ouna

J'ai un petit point commun avec Matthew Webb, l'un des plus grands nageurs de l'Histoire. Dernier fils d'une famille anglaise de douze enfants, Matthew a appris à nager dans une rivière du sud de l'Angleterre, à une époque où la natation devient un sport fréquentable. D'une famille très modeste, il s'engage à l'âge de 12 ans comme moussaillon. En 1860, la Marine anglaise sillonne les océans avec une certitude : les mers lui appartiennent. Fierté des marins anglais. Dans les ports, ils sont les plus forts, les plus valeureux. Comme la plupart des marins du monde à cette époque, ils ne savent pas nager.

À lui seul Matthew est la mascotte du *Conway*, le navire-école de la Marine marchande à bord duquel il est embarqué. Régulièrement, pour amuser ses compagnons, il saute du pont, nage vers le large, au mépris de tous les dangers. Il nage dans toutes les eaux où il passe, surtout celles du Siam. À 14 ans, il entre officiellement dans la Marine marchande. À bord, il est un homme utile. Un jour, il plonge sous le bateau pour vérifier une hélice. Un autre, au milieu du canal de Suez, il parvient à dégager des haussières coincées sous le navire, faisant gagner un temps précieux à l'équipage. Au large du golfe de Gascogne, un passager tombe à la mer. Ni une ni deux, Webb saute dans des vagues énormes, essaie de rattraper le malheureux que le courant embarque. En vain, le passager est noyé, et Webb remonte déçu à bord, sous le regard que l'on imagine admiratif et sans doute effrayé de ses compagnons… Le jeune marin progresse, jusqu'à devenir commandant. Mais la natation reste sa passion.

D'après les récits collectés par l'immense Charles Sprawson (l'auteur de notre bible, *Héros et nageurs*), ses épaules sont énormes, ses cuisses épaisses. Dès qu'il peut, il s'entraîne. Un jour, le commandant d'un autre navire, propriétaire d'un terre-neuve, lui propose un pari : une course entre lui et son chien, dont la race est réputée pour ses qualités d'endurance à la nage, sa gentillesse, son sens inné du sauvetage en mer.

Webb accepte le défi. Après une heure de natation dans une mer très formée, le chien est halé à bord d'une chaloupe, épuisé, au bord de l'asphyxie. Sous les applaudissements des deux navires, Webb est vainqueur par K.-O.

Un siècle plus tard, dans un village breton de la Côte de granit rose, un petit garçon fasciné par l'eau passe des heures à y jouer, ne semble pas ressentir le froid pourtant au cœur de toutes les discussions de la plage. « Elle est fraîche, cet été, Madame Le Moal, vous ne trouvez pas ? » L'une de ses tantes, sportive, de retour d'études en Californie, possède une merveilleuse chienne terre-neuve. Le garçon, c'est moi. Ma tante, Louison. La chienne, Ouna. Nous sommes l'été 1979, je vais avoir bientôt 5 ans. Je ne sais pas nager. Ma tante décide qu'Ouna nous accompagnera dans ma découverte des plaisirs de la nage. Chaque jour, à marée haute, Louison, Ouna et moi entrons dans l'eau. Fierté, peur, joie. Mes mains s'agrippent au cou d'Ouna qui avance, doucement, sûrement, sans aboyer. Elle a un travail : m'apprendre à ne pas avoir peur.

Les premiers jours, j'apprends les mouvements de jambes, en serrant le plus fort possible Ouna. On part loin, on dépasse les petits bateaux de pêche ancrés face à la cale de Roc'h Annik. Je vois la plage s'éloigner, la boule au ventre, mais la voix calme de Louison est rassurante. Peu à peu, je me détends. Les croisements de jambes deviennent plus fluides. Parfois, encouragé par Louison, je lâche quelques instants l'encolure d'Ouna. C'est à la fois troublant et terriblement excitant. Ouna n'est jamais loin, elle me protège. Après quelques jours d'entraînement des jambes,

Louison m'apprend à remuer les bras. Progressivement, je lâche, sans avoir pied, le cou d'Ouna. Mes bras forment une brasse irrégulière et inefficace, mais peu importe : je nage. Bonheur fou. La chienne a quitté sa fonction de pilote pour tourner sans cesse autour de moi. Elle se tient prête. Au moindre signe de fatigue, répondant à la fois à son instinct et à la voix de ma tante, elle passe sous mon corps pour m'aider à flotter.

L'été breton défile. Dans mes souvenirs, il fait un temps magnifique. Chaque soir, je m'endors, excité d'être au lendemain, avec Louison et Ouna. Un jour arrive où je me sens prêt à me lancer seul dans l'aventure. Nous entrons tous les trois dans l'eau. Je bascule en avant en même temps qu'elles, regarde droit devant, j'avance, à la seule force de mes bras et de mes jambes. À ma gauche, Louison : « C'est bien, allonge bien les bras, laisse-toi glisser sur l'eau. » À ma droite, Ouna. Elle nage non plus devant, au-dessous, ou autour, mais à côté de moi. C'est l'un des plus beaux matins de ma vie. Je nage. Je suis un petit homme qui nage. La baie m'apparaît alors dans sa splendeur, vue de l'eau. Il n'y a plus d'autre bruit que celui de notre clapot, de la respiration rapide de la chienne, des ronronnements de moteurs au loin. Après un grand tour dans la baie, nous sortons de l'eau. Sur la plage, je marche entre Ouna et Louison. J'ai l'impression d'avoir grandi de deux mètres en quelques minutes. Toute ma vie de nageur, je la dois à ces heures délicieuses de mon enfance.

Quelques années plus tard, Ouna mourra écrasée par un camion. Je continue à penser à elle. Après ma première course en mer de 6 kilomètres, c'est Louison que j'ai immédiatement prévenue. Contrairement à Matthew Webb, je n'ai pas nagé « contre » un chien, mais « grâce à » une chienne. Lui, sa carrière de nageur a pris un tournant décisif en 1872. Dans un journal, il lit qu'un autre nageur célèbre, J.B. Johnson, vient d'abandonner sa tentative de traversée de la Manche à la nage. Webb décide de relever le défi, abandonne la Marine pour aller s'entraîner à Londres avec un « professeur de natation » déjà célèbre dans les milieux sportifs anglais. Il enchaîne les 10 miles, puis les 20, pour gagner en endurance.

Le 12 août 1875, il s'élance de Douvres. La mer est forte, trop forte. La tempête se lève. La chaloupe de la petite équipe qui l'accompagne manque de verser. À minuit, après sept heures de brasse, il abandonne sa tentative. Plusieurs journalistes sont présents, la publicité est forte, la pression aussi. Il ne peut plus reculer, il faut y retourner. Le 24, nu, enduit d'huile de marsouin, il plonge à nouveau de la jetée de l'Amirauté de Douvres. Trois navires le suivent, le longent, ou le précèdent. Il brasse, sans s'arrêter. Un vapeur le dépasse, ralentit, installe des lampes sur le bastingage pour que les passagers puissent l'observer. On l'encourage, hurle depuis le bord un *Rule Britannia* qui lui fait chaud au cœur, et l'empêche de vouloir arrêter cette fichue traversée. Il a le cou en feu, la position de la brasse lui a dessiné une estafilade sur la nuque. Il nage au milieu des méduses et parfois la tête d'un marsouin joueur vient le chatouiller. Au bout de 21 heures et 45 minutes de natation, il atteint le rivage de Calais et devient le premier être humain à avoir traversé la Manche à la nage. Il aura parcouru 64 kilomètres : à cause des courants, la ligne droite est rigoureusement impossible.

À la fin du XIXe siècle, la natation n'est pas encore considérée comme un sport, il s'agit plus d'une attraction. Le commandant Webb ne retourne pas dans la Marine, il parcourt la Grande-Bretagne en héros de la nage. Il donne des conférences, mais surtout se donne en spectacle. On le regarde plonger depuis des ponts, on l'admire nager dans la Tamise. Pour gagner sa vie, lui qui n'a pas un sou, il plonge de longs moments dans des aquariums avec de fausses sirènes ou de vraies baleines. On le défie depuis les États-Unis : il gagne toutes les courses. Sa brasse est lente, mais puissante, régulière. Sur longue distance, il est imbattable, et le crawl n'existe pas encore en Europe. Mais le commandant Webb vieillit et, comme les meilleurs terre-neuve, il perd un peu de force. Le déclin est entamé, il n'a presque plus d'argent. Alors il se lance dans un pari fou. Il va terminer sa carrière en beauté.

En 1859, un certain François Gravelet (un Français pour une fois !) a traversé les chutes du Niagara sur une corde raide : le spectacle a attiré les foules, et rapporté beaucoup de dollars. Alors Webb décide de relever le défi. Il va traverser le Niagara à la nage. C'est très dangereux, ses proches le lui déconseillent, mais il veut partir en majesté. Durant l'été 1883, il voyage aux États-Unis, s'entraîne pendant quelques jours au large de Nantucket, puis se rend aux chutes. La presse annonce déjà l'exploit… Des trains spéciaux sont affrétés depuis New York, Boston, Toronto, Montréal. Webb observe, se renseigne. Par goût du grandiose, par orgueil, parce qu'il veut faire mieux que les autres, ne pas se contenter de traverser le lac, mais « prendre le fleuve », il se met en tête de franchir l'immense tourbillon en son centre, juste avant les rapides. Il estime que c'est possible.

Le 24 juillet, devant plus de 10 000 spectateurs, Webb est debout sur une barque, vêtu d'une combinaison de soie rouge. Il saute de la chaloupe et commence à effectuer ses premières brasses. Dans le lit du fleuve, il nage bien. Il approche du tourbillon à contourner. Tout à coup, le courant se renforce. Fort, bien plus fort que le meilleur nageur du monde. Du pont suspendu, les spectateurs privilégiés, qui bénéficient de la meilleure vue, distinguent ses mains qui tentent de s'accrocher au puissant cercle concentrique. Soudain, il est happé. Son corps sera retrouvé huit kilomètres en aval, quatre jours plus tard. Ouna n'était pas encore née ce jour-là !

4

Les deux reines de la Manche

La reine Hortense et la reine Hélène partagent un point commun, la Manche. L'une était la belle-fille de Napoléon, l'autre ma grand-mère. Elles n'ont pas vécu au siècle, ni eu le plaisir de se rencontrer sur une grève de la Manche.

Hortense Eugénie Cécile naît en avril 1793 à Paris. Sa mère, Joséphine, est mariée au vicomte Alexandre de Beauharnais, elle entretient une liaison avec un homme déjà célèbre, Bonaparte. Le vicomte meurt sur l'échafaud en 1794. Bonaparte épouse Joséphine, adopte la petite Hortense. Devenue impératrice, Joséphine mariera Hortense au petit frère de l'Empereur, Louis-Napoléon : obsession napoléonienne du clan. Hortense devient donc la belle-sœur de son beau-père. Cela ne l'empêchera jamais d'avoir une vie relativement agréable, nombre d'amants, quelques névroses, et même un vrai titre de reine puisque son mari sera brièvement roi de Hollande, de 1806 à 1810.

Entre deux aventures, la reine Hortense tente de soigner son mari qui souffre d'une paralysie du bras, et d'une méchante maladie vénérienne. Elle-même a des « humeurs », broie du noir, dort mal. Elle consulte, lit, écoute. Femme d'une grande intelligence, elle se montre très à l'écoute de la médecine moderne. Nous sommes alors dans les années 1810, l'Europe de l'Ouest découvre l'eau de mer.

Au milieu du XVIIIe siècle, fascinés par l'Antiquité, les textes grecs et romains, des médecins londoniens relisent Hippocrate : l'eau se révèle bénéfique pour le corps et l'âme. On indique à la reine Hortense un médecin de Dieppe, première ville balnéaire en vogue. On lui recommande vivement les bains froids, plus adaptés, semble-t-il, à ses insomnies et sa tristesse. Hortense a 20 ans : c'est déjà une femme accomplie. Elle voyage avec sa suite, s'installe en bord de mer. On ne parle pas encore de plage, mais de grève : la mer est hostile, froide, terrifiante. Seuls les pauvres et les pêcheurs s'en approchent, à leurs risques et périls. Hortense part se changer dans l'une de ses villas-cabines. Elle en sort habillée d'une tunique bouffante, longue, en laine, de couleur marron, qui ne laisse apparaître que les mains et les chevilles. Femme gracieuse, la reine devient informe. Au loin, des hommes, longue-vue collée à la rétine, ne manquent rien du spectacle. La vue d'une cheville royale, quel spectacle érotique ! Des « baigneurs », sur ordre du médecin, placent alors Hortense dans une « capote de modestie », calèche amphibie portée par des hommes. Ils marchent vers le rivage afin de ne pas secouer la reine des mers. Puis entrent dans la Manche, tenant fermement la calèche sur leurs épaules, jusqu'à la limite de leur capacité, le torse recouvert d'eau. Eux non plus ne savent pas nager ! Hortense descend alors, en poussant, dit-on, de petits cris sauvages quand l'eau froide pénètre son vêtement de laine et mord sa peau. Elle s'immerge quelques secondes, à pied : déjà toute une aventure ! Elle esquisse quelques mouvements des bras, frigorifiée : tant mieux, cela répond à la prescription médicale. Une minute à peine et elle remonte dans sa « capote », portée par ses baigneurs à bout de souffle. Elle regagne sa cabine, où ses bonnes effarées l'attendent, la consolent, la frictionnent, lui font boire une eau-de-vie. Quelle frayeur ! Elle sort revêtue avec élégance. Depuis la rangée des longues-vues, on commente sa toilette, sa coiffure, sa grâce, et surtout son courage. La reine Hortense grelotte, mais sa fierté est réchauffée. Dieppe se souviendra de ces bains de mer royaux. Hortense n'a finalement pas apprécié le froid térébrant de la Manche. Ni son mari. Elle a repris la route de Paris, puis des cures thermales à Aix-les-Bains. Pour l'éternité, elle demeurera la première reine immergée dans la Manche. En revanche, contrairement à une idée reçue, les hortensias qui peuplent les jardins de Normandie et de Bretagne n'ont rien à voir avec Hortense aux yeux violets.

Cent cinquante ans plus tard, une autre reine de la Manche s'est imposée. Elle n'a aucun sang aristocratique, fait preuve aussi d'une grande élégance, enseigne l'anglais (ce détail aura son importance). Jeune Poitevine, elle a épousé un Breton de Tréguier, fils et petit-fils de marins, lui aussi professeur d'anglais, mon grand-père Paul. Hélène Le Moal est ma grand-mère, la fierté familiale, une célébrité locale. Dans les années 70, au printemps de leur retraite, Hélène et Paul quittent fin mars leur belle maison de Tours pour prendre leurs quartiers d'été, jusqu'en octobre, dans un petit village de la Côte de granit rose, la Bretagne « Nord », comme on disait alors. Chaque jour de sa vie bretonne, trois bains de mer rythment la vie de la reine Hélène. Quels que soient le temps, la température, l'humidité, la pluie ou son état de fatigue, elle va « à l'eau » à 8h30, 12h30 et 16h30.

Grand-mère sort de chez elle en tenue, jamais deux fois la même dans la journée. Sur la tête, un chignon serre ses longs cheveux gris. Elle porte un peignoir de couleur vive. Des tongs blanches. Elle enfourche son vélo bleu comme le font les dames : le pied sur une seule pédale, elle pousse l'engin quelques mètres avant de passer délicatement sa jambe libre de l'autre côté du cadre, pour s'asseoir sur la selle. Début du spectacle. Elle roule doucement, les mains sur les freins dans la descente vers la plage de Roc'h Annik (toujours la même, elle n'imagine pas se baigner ailleurs, c'est « sa » plage). Deux minutes plus tard, elle pose son vélo contre un tronçon du mur de l'Atlantique, vestige de la guerre. Elle ne l'attache pas. Elle le pose. Personne ne songe à toucher au vélo de la reine. À sa gauche, un ancien bunker, à sa droite l'étendue de la baie de Port-Blanc. Face à elle, l'île aux Femmes, l'île Saint-Gildas, et une passe qui permet aux bateaux de gagner la haute mer.

Elle descend les quelques mètres de la rampe en béton qui la conduit au sable. Elle regarde l'océan, ne s'attarde pas. Un coup d'œil lui permet d'évaluer le clapot, ou les vagues dont elle se méfie. Sur la plage, on la salue en lançant : « Bonjour Hélène, quelle forme ! » ou : « Vous êtes sûre qu'elle ne va pas être trop froide ? » Elle répond d'un bonjour courtois, un brin sec, avec un sourire clair, éloquent : elle ne va pas s'attarder en babillages.

Dans la poche de son peignoir, un morceau de bonnet de bain : elle a coupé le haut du bonnet pour ne garder que le bandeau qui protège les oreilles. Elle l'enfile autour de sa tête. Puis un autre bonnet complet, au-dessus du premier. Elle porte un maillot une pièce, sobre. Elle en a toute une collection. « Rien de pire que de s'habiller d'un maillot mouillé. » Elle entre dans l'eau jusqu'à la taille, puis d'un coup se retourne, passe sur le dos, déploie ses bras.

La reine a sa propre nage, une forme de délicat papillon dorsal. Les jambes font des mouvements de brasse, les bras se lèvent en même temps au-dessus de sa tête avant de plonger loin derrière elle, puis de revenir. Elle avance, à bon rythme, connaît les emplacements des bateaux et des rochers, et ne se retourne presque jamais pour vérifier. De toute façon, pêcheurs et plaisanciers la connaissent, voient son bonnet blanc émerger à la surface : « C'est à eux de faire attention aux nageurs. » Du pont d'un bateau, on la salue : « Bonjour Hélène, elle est bonne ? » Elle ne répond pas, elle nage. Autour d'elle, l'une des plus jolies baies de la région. Une petite mer dans la mer, flux et reflux incessant au rythme de puissantes marées qui n'empêchent jamais la reine de nager, même s'il « faut aller la chercher loin, la mer ». Des rochers noirs et gris, une eau qui passe du vert au bleu, du gris au kaki. Ces îles et îlots qui dessinent un horizon doux, paisible, même sous un bon vent. Du rivage, on regarde la reine et on commente : « Quelle nageuse ! » Parfois, elle croise sa grande amie, « Mme Guéhenno », la veuve de l'écrivain Jean Guéhenno, nageuse également. « On est bien ici, elle est bonne ce matin. » Même âge, même passion. Quelquefois c'est l'un de ses petits-enfants, qui n'ose se plaindre de la température de l'eau de peur de passer pour un poltron. « Allons mon petit chéri, elle est vraiment délicieuse ce matin. » À l'adolescence, c'est un exploit de se lever à 8 heures pour être sûr d'être ponctuel. On n'est pas réveillé, on a froid, mais le sourire radieux de la reine efface largement le réveil éprouvant. Et puis après, la perspective de déguster ses confitures au petit-déjeuner. Pour le bain de 12 h 30, c'est la promesse, s'il fait beau, d'un déjeuner sur la terrasse en brique rouge. Pour celui de 16 h 30, d'un thé avec une tranche de cake, qui se prolonge tranquillement vers l'apéritif.

Vingt minutes passent. Hélène revient vers le rivage. Enlève ses bonnets, remet son peignoir, sourit aux admirateurs, souhaite une bonne journée, bon appétit ou bonne soirée. Elle enfourche son vélo, monte la côte, le pose à l'entrée de chez elle. Elle traverse son jardin fleuri avec un soin infini, file se rincer sous la douche. Et choisit une belle tenue. L'opération se répète ainsi trois fois par jour, tous les jours du printemps à l'automne. Le reste de la journée est sablé de lectures, de leur commentaire, de jardinage, d'une quantité astronomique de tasses de thé, de mots croisés et de quelques verres de whisky, le soir au coin du feu de son mari.

Années 80-90. En Bretagne Nord, seuls les gamins se baignent. Les adultes font de la voile, pêchent, mais il ne leur viendrait pas l'idée de se baigner dans de l'eau froide trois fois par jour pour le plaisir. Comme la reine Hortense, Hélène est une pionnière. Elle a saisi l'évidence naturelle : la nage en mer recèle un gisement de plaisir, d'apaisement, de douceur, quels que soient le temps et la température. Comme Hortense, c'est chez les Anglais qu'elle a trouvé son inspiration. Lectrice insatiable de littérature anglaise, elle admire chez nos voisins l'élégance de la vie, l'absence de plainte (*never explain, never complain*), l'amour des jardins et, bien entendu, les descriptions précises de toutes les formes de mer, d'océan, de plage, de lande, de grève, et des tourments de l'âme qui se guérissent à force de nage. Au tout début du XIXe siècle, les Anglais avaient conquis la plage. En cette fin de XXe, sur cette petite côte bretonne, ma grand-mère plante la bannière des usages britanniques : bain de mer, thé, whisky, confiture d'orange, « *trifle* », chutney… Mais aussi strict respect d'une organisation quotidienne tirée au cordeau permettant de se concentrer sur l'essentiel, les plaisirs de l'eau, la lecture de beaux textes, les fleurs. Il est parfois permis de parler politique : *hope and glory !*

Chaque année, amusée, elle observe ses émules. Ses enfants et petits-enfants prennent goût à la nage. Dans le village, des inconnus ne se contentent plus de la regarder nager, mais se jettent dans l'océan. La voir « à l'eau » donne des envies. L'admirer en si grande forme, de l'entrain pour entrer dans l'eau, de la vigueur pour nager. Les années passent : rien ne vient perturber la trilogie de ses bains de mer quotidiens. Bien sûr, à vélo, elle nous donne quelques frayeurs, file droit, trop droit, sans se soucier des voitures plus nombreuses chaque été. Rien ne peut s'interposer entre elle et ses nages, ses tenues de bains, son papillon dorsal. Ce plaisir est sa belle vie. Sans jamais avoir lu le moindre traité d'hydrothérapie, qui l'aurait ennuyée, elle remercie l'océan pour son offrande. Le bain est sa routine, au sens britannique : il ne faut jamais manquer une occasion de se sentir bien.

Grand-mère a presque 92 ans. Un après-midi de l'été 2008, elle s'est déjà baignée deux fois. Après sa sieste, dans son transatlantique installé au soleil, la tête toujours protégée d'une ombrelle, elle se sent fatiguée, en fait part à sa femme de ménage. Étonnement de Mme Le Pape, qui n'a jamais entendu la reine Hélène se plaindre de son état. « Madame Le Moal, vous ne devriez pas retourner à l'eau, vous êtes trop fatiguée aujourd'hui. » Il n'en faut pas plus pour convaincre ma grand-mère d'enfiler son maillot de bain. Elle se lève : « Vous savez bien que si je ne nage pas je vais mourir. »

Une fois sur le rivage, elle suit exactement le même rituel. Mais, ce jour-là, elle a prévenu de son bain la plus jeune de ses filles. Louison la retrouve sur la plage. Mère et fille papotent un peu, puis la reine glisse dans l'eau. Louison la suit du regard. Hélène est déjà loin, on voit son bonnet avancer dans les flots. Soudain, les bras ne se lèvent plus. Louison s'immobilise. Puis fonce dans l'eau, crawle à toute allure, rejoint sa mère. Son mouvement s'est figé : elle ne respire plus, elle flotte. La reine Hélène ne s'est pas noyée, cela eût été inélégant. Elle a simplement cessé de faire battre son cœur.

5

Une piscine à Bagdad

J'ai beaucoup nagé dans la piscine d'un petit hôtel de Bagdad, au plus fort de la guerre civile qui ravageait le pays. À chaque fois, j'y ai éprouvé plaisir et culpabilité. Mais ce n'était pas n'importe quelle piscine…

Le 9 avril 2003, les troupes américaines entrent dans Bagdad et font tomber le régime de Saddam Hussein. On appelle cela alors une victoire. Les choses s'avéreront plus complexes. La plupart des journalistes occidentaux couvrant le conflit s'installent dans les deux immenses hôtels de la ville, le Palestine et le Sheraton (il n'appartient déjà plus au groupe depuis bien longtemps, mais le nom lui est resté). Dangereux, inconfortables, très hauts avec des ascenseurs en panne, ils offrent une belle vue sur la ville et une belle cible pour les roquettes. Leurs piscines sont fermées. Ordre des Américains. Quelques reporters plus malins, dont je ne suis pas, dénichent dans un quartier du sud de la ville un petit hôtel agréable. « Agréable » selon les critères d'une ville asséchée par quarante ans de dictature, une guerre majeure contre son voisin iranien, dix ans de privations décidées par l'ONU, et une bataille pour dévisser son dictateur. La désorganisation est le tempo de la ville.

Situé au fond d'une petite rue, l'hôtel Hamra n'est pas très loin de l'une des artères majeures qui relie le centre-ville à la Zone verte. Caché, mais accessible, on peut y entrer et en sortir facilement. La chaleur écrasante, au-dessus de 40, prend ses quartiers pour de longs mois. Les coupures de courant et d'eau aussi. Les premiers attentats contre les Américains captivent notre attention. L'invasion est terminée, mais la guerre commence. Dans cette antichambre du chaos, l'hôtel Hamra reste un havre. Et surtout sa piscine. Cinq étages, personnel attentionné, surpris et dépassé. Je loge dans un autre hôtel, mais deux de mes amis reporters sont au Hamra. Régulièrement, je trouve un bon prétexte pour les rejoindre : une info à vérifier, une bouteille à partager. Tout est bon pour aller piquer une tête dans la piscine du Hamra.

Elle est modeste, 20 mètres sur 5, mais fraîche, si fraîche. Quel régal d'y nager. D'un coup, poussière, chaleur, angoisses, reportages ratés, mauvaises interviews se dissolvent dans l'eau froide et honteusement chlorée. Le soir, les propriétaires de l'hôtel installent des tables blanches et bancales. La petite société de journalistes prend place sur des chaises en plastique et dîne d'un invariable poulet-riz arrosé d'un vin passable. Et pourtant, c'est Ibiza... L'éclairage jaune, ancien, faible, se reflète dans l'eau bleue. L'ambiance, cet été-là, est encore détendue. Après le dîner, les moins timides se jettent de nouveau à l'eau : éclaboussures de rire. On parle anglais, français, hollandais, parfois japonais. On s'essaie à quelques mots d'arabe avec les serveurs. On se regarde, on se jauge, on se marre. Les plus jeunes employés de l'Hamra observent, mutiques, des jeunes femmes en bikini plonger en riant dans l'eau, en sortir cheveux mouillés et maillots moulants. Cette génération n'a pas connu les années 60 et 70 à Bagdad, où le corps des femmes demeurait visible. Les vieux désapprouvent : ils se savent déjà observés par des rigoristes qui, un jour, leur feront payer.

Malgré les maillots, l'alcool, et la satisfaction d'une vie de reporter assez remplie, chacun sent bien, au ballet d'hélicoptères sillonnant le ciel de l'immense capitale irakienne, que cette allégresse a le goût de l'éphémère. Très tôt le matin, Bagdad est écrasée par le soleil et la colère. Les Irakiens sont floués, Saddam Hussein en fuite. Les promesses ne sont pas tenues, la valeur de la monnaie s'écroule et il faut des liasses de dinars pour payer un petit pain. L'industrie est à l'arrêt, le pétrole ne sort plus des puits, les salaires ne sont pas payés. Effrayée par les foules, l'armée américaine multiplie contrôles et bavures. La violence monte de plusieurs crans. Les Américains se barricadent, érigent des murs autour de leurs bâtiments, au milieu des rues, des places, devant les hôtels. Bagdad s'emmure, le sang coule. Quelques semaines après la fin officielle de la guerre, des bombes explosent contre des symboles de l'Occident. La résistance irakienne s'organise dans l'écroulement général, les militaires licenciés rejoignent des religieux sunnites chassés du pouvoir, fomentent leur vengeance. Les arrestations par des groupes armés se transforment parfois en prises d'otages. Une autre guerre démarre, se métamorphose : elle n'est toujours pas terminée aujourd'hui.

Autour de la piscine du Hamra, notre petit groupe tient ferme sa position : à l'aube, les bons nageurs enchaînent des longueurs. À la nuit tombée, on se prélasse au bord de l'eau, un verre à la main, un téléphone satellite dans l'autre. C'est une forme de résistance à la peur, et je finis par y trouver une chambre, délaissée par des confrères. La plupart des journalistes anglo-saxons se sont installés dans la Zone verte, ancien complexe de palais présidentiel : même si quelques roquettes y tombent la nuit, la protection des murs et des soldats américains empêche les incidents graves. Tout le reste de la ville devient une Zone rouge, « à vos risques et périls ». L'ambiance n'est déjà plus la même : installés dans une petite guérite à l'entrée du Hamra, des gardes de sécurité contrôlent les entrées, fouillent les voitures à la recherche d'explosifs. Il devient plus difficile de trouver de l'alcool, et les serveurs rechignent à en servir. Les islamistes ont des mouchards partout. La piscine reste fraîche, alors je reste. Je suis un jeune reporter heureux d'être en Irak et parfois au bord d'une piscine à Bagdad.

J'ai gardé une photo de presse de la piscine, découpée dans un journal, souvenir précieux. Titrée : « *People enjoy the pool at Hamra hôtel in July 2003* », prise depuis une chambre, presque à la verticale. Cinq personnes sont allongées sur des transats en plastique. Un couple : la femme en maillot deux-pièces bleu électrique pose la main sur le ventre de l'homme en maillot noir. Un autre couple : il ne semble pas se parler. Il regarde au loin et dans une direction différente. Un peu plus à droite, un homme seul. Plus âgé, aux cheveux blancs, avec un ventre proéminent. Il est seul sur sa chaise longue, et à ses pieds sont posées des tongs vertes brésiliennes et un sac de photo noir. On lit l'expérience.

L'autre moitié de l'image, c'est une partie du bassin, avec deux nageurs. L'un crawle, un bras tendu en train d'entamer le mouvement. Il porte des lunettes de natation – on distingue l'élastique.

L'autre, un peu en retrait, nage la brasse. Saisi par le photographe juste au moment où le corps est recroquevillé avant de se déployer. L'image aurait pu être prise n'importe où dans le monde, mais elle l'est en Irak, dans un pays sur le point de basculer dans la guerre civile. Si la photo avait été prise d'un hélicoptère, on verrait autour de la piscine les groupes électrogènes bruyants mais aussi les embouteillages monstres alentour. On verrait la poussière et des centaines de petits bonshommes dans les rues, immobiles, vendant ici un briquet, là un pain. On verrait les véhicules blindés de l'armée américaine, gris foncé. Et les pick-up blancs, rutilants, des mercenaires. Les pires, sans foi ni loi. D'un peu plus haut encore, on verrait les minarets de mosquées, les foules rassemblées pour écouter les prêches des imams de plus en plus virulents. Et parfois même la fumée se dégageant d'une voiture piégée. Mais on ne verrait plus, alors, nos corps nager dans une piscine bien fraîche, à Bagdad.

Afin de soigner ma culpabilité, une solution : lire pour me trouver des excuses. Dans les livres d'histoire, aucune photo ne peut témoigner de ce que Bagdad a progressivement détruit, caché, enseveli. Autour du xe siècle, quand la ville rayonnait dans le monde arabe, Bagdad comptait, d'après les récits des voyageurs, plus de 120 000 bains et hammams. L'eau avait alors des vertus purificatrices et médicinales. Les empires romains, et leur goût effréné de l'eau, avaient laissé des traces. Selon les voyageurs arabes, tout habitant de Bagdad se rendait chaque jour au bain du quartier et, pour une somme dérisoire, se mettait nu, se lavait, allait se détendre dans le bain de vapeur. Hommes et femmes disposaient de bains séparés. Bagdad comptait déjà les plus grands médecins de la région, pour qui l'hygiène et la vapeur étaient les clés d'une bonne santé. Peu à peu, un islam plus rigoriste se diffuse. La seule vue de la nudité est une offense. En quelques siècles, les bains sont détruits, les Bagdadi fortement incités à ne plus s'y rendre sous peine de coups de fouet... Il restera bien des hammams et piscines privés dans les palais des califes, rois et dictateurs, jusqu'à l'apparition très récente des piscines d'hôtel. Après tout, en nageant à Bagdad, je ne fais que perpétuer une vieille tradition de la région, et pourrai même contribuer modestement à réveiller ce pan trop vite oublié de la culture et des coutumes.

Ce n'est pas le couloir de la natation et du plaisir aquatique que prend l'Irak à partir de 2004. L'armée américaine s'enlise, Al-Qaïda se déploie, les attentats se multiplient. Le monde occidental commence à se désintéresser de ce pays turbulent : l'arrestation puis la pendaison de Saddam Hussein sonnent le glas de la présence massive de la presse. Il reste bien sûr des « bureaux » de rares correspondants, mais les envoyés spéciaux se font rares.

La guerre civile entre sunnites et chiites fait des dizaines de milliers de morts, le Hamra se vide.

Tout au long de la journée, les explosions résonnent et envoient une onde étrange dans le ventre. Aucune autre ville du monde n'a connu autant d'attentats que Bagdad. À intervalles réguliers, plusieurs fois par an, je reviens en Irak quelques semaines. Et prends mes quartiers au Hamra. Été comme hiver. Les serveurs, eux aussi, ont presque tous disparu : nous ne sommes que trois ou quatre clients dans l'établissement. Il n'est plus possible de dîner au bord de la piscine. « *Security, mister.* » Tout est devenu dangereux : il ne faut pas provoquer, se montrer. On travaille cachés, on dîne cachés, on dort cachés. Mais l'eau est toujours là, dans le bassin. Je ne résiste jamais bien longtemps, sous le regard moqueur des rares confrères et celui inquiet du réceptionniste. Je descends en maillot et tongs, une serviette nouée autour de la taille. Je plonge. L'eau n'est guère propre, mais ce n'est pas une excuse pour ne pas nager.

Fini les rigolades. Fini les drinks. Fini les lumières au bord du bassin. Je suis seul dans l'eau. Hiver 2009, il neige sur Bagdad. Ce n'est pas arrivé depuis des décennies. Le soir, il fait gris sombre, très froid. Raison de plus pour nager. Je nage seul sous la neige à Bagdad. Je nage et j'oublie les cadavres décomptés le matin à la morgue. J'oublie la trouille, l'explosion de cette voiture piégée quelques instants après notre passage. J'oublie les jambes en coton au check-point, le regard de tueur (et c'en est un) du jeune milicien sur le pont de Khadamiya. Je me lave les yeux dans le chlore. Je compte que 100 fois 20 mètres feront deux kilomètres. Je nage. Comme un enragé. Pour me fatiguer. Chaque jour, dans le froid ou le chaud, la peur ou l'ennui, je nage emmuré.

Le 7 mars 2010, je suis en reportage en Colombie, loin du Hamra. J'apprends qu'une camionnette a forcé le barrage devant l'hôtel. Le conducteur est un kamikaze et son véhicule rempli d'explosifs. La percussion. L'explosion. L'hôtel s'est effondré dans la piscine. Tout le personnel présent est tué sur le coup. L'hôtel Hamra ne sera jamais reconstruit.

6

Lartigue invente le désir de la plage

La photo noir et blanc a pour titre : « À l'aube ». Prise à Hyères, en septembre 1929. La gauche de l'image se trouve dans l'ombre. Au centre, un nageur fend en crawl une mer d'huile. Son bras gauche est dans l'eau, loin devant la tête. Le bras droit replié, coude vers le ciel, mouvement parfait du nageur, s'apprête à frapper la surface. Derrière lui, le sillage laissé par le battement des jambes. Au-dessus, le soleil se lève. Il est blanc, et son reflet glisse le long du corps du nageur. À droite de l'image, un plongeoir posé dans l'eau, désert à cette heure. La photo comme un miroir attractif nous invite à nager au petit matin dans une eau limpide à peine chaude. Caresses d'un soleil qui ne brûle pas encore. Seul dans la mer, avant les autres, dans l'éveil de la vie, à la fin d'un été. Nager à l'aube. Délier ses muscles, ne pas penser, boire l'instant. Lartigue a saisi toute la sensualité épurée de la nage.

En 1929, Jacques Henri a 35 ans. Ses carnets et ses images nous révèlent sa vie solaire. Né juste avant le siècle, dans une famille riche. Il prend ses premières photos à l'âge de 8 ans : sa famille, les amis de sa famille, tous magnifiques, heureux. Au cours de sa vie, il va photographier le plaisir, l'oisiveté, le voyage, les femmes, la plage. Il va montrer ses égéries en maillot, sur le sable, dans l'eau, à bord d'un canot, d'un bateau, un livre, une ombrelle à la main. Dans une société encore corsetée par la pudeur, Lartigue montre l'indicible : l'érotisme de la mer. Il est le premier photographe à révéler ce secret.

Feuilleter ses albums, c'est voyager dans une époque où le bain de mer est un privilège. Lartigue suit le sillage de Paul Morand : « Le hasard a situé ma jeunesse vers 1906-1910, au début du grand essor des bains de mer ; les hommes ne m'avaient certes pas attendu pour se baigner, mais les nageurs n'avaient été, jusque-là, qu'une exception. » Il faut imaginer la vie du jeune Jacques Henri. Dès avril, la famille quitte Paris pour la Manche, le plus souvent au Touquet, l'une des premières stations balnéaires. L'air est vif, frais, les bains sont « à la lame » : on plonge dans une vague pour profiter du coup de fouet de l'eau froide. Premières images de la saison : les femmes sont encore habillées de capes et de longues jupes pour se protéger du vent. Les hommes portent des casquettes de marin, fument la pipe.

C'est une mode étudiée, épinglée. Les enfants sont bien sûr en marinière. Lartigue documente, note la météo, photographie ses cousines.

Puis, villégiature en Normandie, Deauville : les planches émergent à peine des sables. C'est un balcon sur la mer pour Parisiens fortunés. Tentes parasols en noir et blanc sur fond de nuages, conçues pour s'ouvrir au soleil et se fermer au coup de frais. Premiers tournois de tennis, photos en mouvements, flous sculptés : Lartigue crée son style, celui de la belle vie, si légère avec un appareil lourd et encombrant. On le remarque. Il est à la fois l'attraction et le spectateur.

Voici le mois d'août ! Descente cette fois vers la côte atlantique, en voiture de luxe, l'Hispano-Suiza de son père avec chauffeur. Royan, la villa familiale. « Quelle joie de se laisser engourdir sur la banquette arrière, les yeux grand ouverts derrière mes grosses lunettes de mica, où un fleuve de milliers de jolies choses différentes défile en formant un seul et grandiose enchantement. » Photo de deux corps de femmes nues allongées sur le pont d'un bateau, premières fesses de la photographie de plage, intitulée sobrement « Denise et Bibi, Les Sables-d'Olonne ».

Descente vers la côte basque. Biarritz est déjà célèbre. On joue au casino et dans les vagues, on brave les interdits. Les femmes doivent porter des bas pour aller dans l'eau, ses amies affichent leurs jambes nues et Lartigue prend les photos. Les jours vont aussi vite que l'Hispano-Suiza. Pas de travail, une fortune à dépenser. C'est une vie au grand air de l'amitié, un pique-nique éternel. Ils sont seuls à la plage. Les femmes portent des espadrilles, mais ne sortent pas sans leur chapeau. Parfois Lartigue saisit le regard choqué d'un badaud devant ce spectacle osé : on les regarde, c'est nouveau, un peu étonnant. Lartigue a le sens de la fête. Dans ses raouts, fox-trot (à peine débarqué par les paquebots de la French Line de New York), cocktails Negroni à volonté. On se marie, on se sépare, on se remarie. Accélérations de la vie. L'œil de Jacques Henri est de plus en plus aiguisé, les boîtiers prennent moins de place : Lartigue travaille les portraits de ses compagnes.

Arrive septembre. Il est temps de remonter dans le cabriolet. Direction les palaces de la Côte d'Azur. Une chaise longue qui se déplie tout l'automne jusqu'à l'hiver. Quelques allers-retours à Paris pour des mondanités, une course de chevaux à Auteuil, un défilé d'automobiles de course à Longchamp, une soirée déguisée. Il prend ses quartiers au Pavillon Eden Roc du Grand Hôtel du Cap à Antibes, cadre les femmes dans les piscines Art déco et les hommes crawlant entre deux rochers, ou régatant à bord de voiliers pontés de bois précieux. « Bibi, cap d'Antibes, 1920 » : sa femme est assise sur un rocher, au-dessus de l'eau. Jupe blanche, chapeau blanc, bracelets en ivoire, chemise décolletée. Jambes croisées au-dessus de la mer. Bibi tourne la tête, les yeux mi-clos, langueur rime avec bonheur. Lumière parfaite, celle tant recherchée comme un chasseur d'absolu par le photographe. Ses images publiées édifient le mythe de la Côte d'Azur.

En 1930, Lartigue tombe fou amoureux de Renée Perle, mannequin brune aux grands yeux en amande. La passion dure deux ans : virées vers le littoral de Cannes à Biarritz, de Juan-les-Pins à Dieppe. Elle laisse des portraits marins où la sensualité est une majesté. La grâce de Renée épouse les plages, les rochers, les vagues, le sable. Elle incarne le désir de la mer, puis laisse tomber Lartigue, et revient à Paris. La fortune familiale subit le choc de 1929. Il faut réduire un peu le train de vie.

Coco succède à Renée, les maillots de bain ont encore rétréci. Elle aussi les porte à merveille. Elle nage, il nage. Ils passent de plus en plus de temps entre la côte et l'arrière-pays, saisons et arrière-saisons se suivent. Lartigue peint et vend quelques toiles, il faut bien gagner un peu d'argent, se lever à l'aube pour capter la grâce de notre nageur de crawl dans l'eau d'Hyères. Ou pour séjourner sur la côte des Basques, en 1933, et photographier les vagues : la poésie des photos se creuse jusqu'à la nostalgie. Bye bye, la Belle Époque !

La guerre éclate. Lartigue ne veut pas la voir. Coco disparaît des photos. Il épouse Flore, dite Florette, s'installe sur la Côte d'Azur, Nice puis Cannes, du bon côté de la ligne de démarcation. L'Europe est en feu mais Jacques Henri croit au mouvement hygiéniste, aux bienfaits de la mer, du soleil, du bronzage. Il faut laisser le corps s'exposer à la nature. Florette est nue, allongée sur le ventre, posée sur les galets d'une crique de Saint-Raphaël. Seuls ses pieds touchent la mer, immobile. Elle est alanguie. Lartigue est en hauteur, le corps de Florette dessine une simple ligne blanche au milieu des rochers. Elle a la tête posée sur le coude. Légende : « Florette, Saint-Raphaël, juin 1942 ».

7

Le serment de Keller

C'est l'époque où l'on disait encore « les PTT ». Je suis au collège et, après les cours, je file à l'ASPTT, l'Association sportive des postes, télégraphes et téléphones, propriétaire de la piscine Keller. De chez moi, rue Saint-Charles, je peux faire le trajet les yeux fermés, tant je m'y rends souvent. Je rentre du collège, pose mon sac, laisse entendre que j'ai peu de devoirs : on me croit mollement. Après tout, il faut bien que je me défoule. Je goûte à toute vitesse, attrape maillot, serviette et lunettes, remonte à pied la rue de Javel, tourne dans la rue des Quatre-Frères-Peignot, puis encore à gauche, et me retrouve devant les tours Beaugrenelle, « buildings » américains en plein cœur de Paris que l'on appelle encore le « Front de Seine ». L'entrée de la piscine se trouve au pied d'une tour de 29 étages. Un bunker ! Tout est en plastique, même le sol. Les couleurs bleues et jaunes sont vives. C'est la mode. Je connais tous les employés. Ils portent des tee-shirts « ASPTT ». Ambiance sportive et syndicale. C'est une piscine de gauche. Je tends ma pièce de deux francs : « Salut Lucas ! »

Je descends encore quelques marches, m'arrête devant un autre grand comptoir. Un employé me donne un portant en plastique rouge. À Keller, dans ces années-là, tous les salariés sont postiers. Personne ne songe à mettre des casiers automatiques. La tour abrite, paraît-il, un central téléphonique très important. Dans les entrailles de Keller, on plonge dans un monde mystérieux : nous sommes en 1984. À droite, les hommes, à gauche, les femmes. Les cabines, petits carreaux jaunes au sol, banc et cloisons en plastique marron, sont vastes. Je me dépêche de me déshabiller. Je laisse à la hâte sur le portant l'ennui d'une journée au collège. J'enfile mon maillot Arena noir : une autre vie commence, solitaire, aquatique.

Pour atteindre les bassins, il faut remonter un long couloir d'accès aux douches. Magique, il longe le fond de la piscine. Le mur est percé de gigantesques hublots. À chaque fois, je m'arrête. Je vois les nageurs comme dans un film. Silence du couloir. Il y fait froid, je grelotte mais suis fasciné. C'est Cousteau à Keller. Chaque mouvement est découpé, dans le bleu de l'eau, un peu trouble à cause de la vitre. On voit la nage du dessous. Les nageurs, eux, ne me voient pas. Je suis tapi dans mon sous-marin secret. J'admire les crawls, les papillons, les brasses, les nageuses aussi. Enfin la douche, le pédiluve, puis l'arrivée au bord des bassins. Le petit d'abord, je l'ignore. C'est un bassin pour enfants. Je pose ma serviette sur les gradins à droite, au bord du grand : 50 mètres, 6 lignes. En hiver, quand la lumière est faible, on voit à peine le bout, plongé dans la pénombre. Le bassin me paraît infini, bleu mais rassurant. À gauche du bassin, une immense baie vitrée donne sur la cour du collège Guillaume-Apollinaire. Dalle de béton, marques de terrain de sport peintes au sol, et élèves. Je me réjouis de ne pas être en cours.

Je descends les marches et m'installe pour une heure ou plus. Je suis dans mon monde, je reconnais des visages et des corps mais ne parle pas. Je nage, seul la plupart du temps, parfois avec Benoît, un copain très bon nageur. Je ne fais pas de compétition, mais les maîtres-nageurs des PTT me connaissent et me donnent des conseils. À un rythme lent, régulier, indolent et heureux, je progresse. Brasse, crawl, un peu de dos... Le papillon me paraît si difficile. Mon plus grand défi, le 50 mètres en apnée. J'y parviens assez souvent, au bord de l'apoplexie, fier de mon exploit. Je nage, je rêve. Ou bien je rêve et je nage. J'imagine ma vie plus tard. Tout est possible, à portée de main. J'enchaîne les longueurs comme si je recherchais à m'endormir après un rêve agréable. Parfois la grande sœur de mon amie Pauline vient nager. Elle ne me connaît pas, ou à peine. Elle m'a croisé. C'est une « grande ». Une lycéenne. Trois ou quatre ans de plus que moi. Emmanuelle nage bien. Elle est très belle, grande, jambes fines, cheveux noirs au carré. Quelle est la vie de « grands »? Je la suis, elle va vite. Parfois je la dépasse, elle ne me voit pas. Je nage pour devenir un homme. Un jour, elle me verra.

J'aime l'hiver à Keller. Par les baies vitrées, je regarde la nuit tomber, les lumières s'allumer dans les appartements. Les parents qui rentrent, les devoirs à faire, la lumière bleutée des téléviseurs à l'approche du journal de 20 heures. Et moi je suis dans l'eau, contemple le monde depuis mon bassin. Le grand bassin de Keller, mon refuge. Il me suffit de plonger la tête sous l'eau pour ne plus voir les lumières de la ville. Seulement le bleu, des lignes droites de carreaux et les courbes mystérieuses d'Emmanuelle.

Le printemps arrive. La piscine Keller change, s'ouvre au ciel. Le toit est rétractable. Quand le temps est au beau, une commande électrique permet de l'ouvrir partiellement ou entièrement. La piscine sombre et souvent déserte des mois pluvieux se transforme en plage méridionale. Le soleil inonde le bassin et les gradins. Les plus valeureux nagent, les autres bronzent, certains font les deux. C'est le farniente du XVe arrondissement de Paris. Il y a beaucoup plus de monde dans l'eau, parfois des bousculades. Les épaules se frottent. Les nageurs de l'hiver se reconnaissent, se respectent. Ceux de l'été sont des touristes de passage. En nageant sur le dos, je regarde les hautes tours découpées à la lame dans le ciel. Je me crois à New York, Hong-Kong, Tokyo. Bain d'exotisme. 50 mètres aller, un voyage. 50 mètres retour, un autre périple. Ce n'est plus la nage qui compte mais l'aventure.

À l'extrémité du bassin, quelques marches conduisent à un bar qui surplombe la piscine. Une fois ou deux, au début de l'été, j'ai osé y monter et m'offrir une limonade. Au mur, dans des vitrines, des coupes, des médailles, des photos de champions. Les agents des PTT nagent bien, ils en sont fiers. Le bar est petit, le serveur en livrée blanche. Les clients en maillot, assis sur des chaises hautes, grignotent des pop-corn en buvant des bières. Quelques-uns sirotent des cocktails, en contemplant le bassin en contrebas. Le soleil chauffe les corps alanguis sur le carrelage beige. À mes yeux, c'est Miami. Je ne reste pas longtemps, j'observe. Il faut avoir 16 ans et je ne les ai pas encore. Mais le serveur me connaît, il me laisse me faufiler discrètement.

Il faut rentrer à la maison. Je file sous la douche, froide, redescends le couloir, jette un œil aux hublots, mais il se fait tard. Séché, je déplie les habits du portant, m'habille en vitesse, ressors dans la rue. Je me fais des promesses pour la vie. Elle sera faite de voyages lointains, de piscines, de mers, d'horizons, de rencontres, de bars et d'amour. C'est mon serment de Keller.

Adulte, je suis revenu. Le bassin était plus petit que dans mes souvenirs, mais le 50 mètres en apnée beaucoup plus long. Le couloir secret avait disparu. La rénovation peut tuer les secrets, pas les rêves.

8

« The Swimmer »

En juillet 1964, le *New Yorker* publie le plus étrange des voyages à la nage, *The Swimmer*. Une nouvelle de John Cheever, écrivain culte qui fracassa le rêve de l'Amérique heureuse. Son sujet, la classe moyenne qui voit la vie en technicolor dans une banlieue proche de New York : les cocktails du samedi, le sport, l'adultère, les pelouses et les piscines. Les héros ne le sont jamais tout à fait. Les salauds non plus. Les douze pages ciselées commencent par une scène au bord de la piscine. Après une soirée arrosée, des amis s'y retrouvent le dimanche à l'heure du déjeuner. Rien de mieux qu'un verre pour se remettre d'aplomb ! Le héros, regarde le ciel bleu. « Merrill est assis au bord de la piscine verte, une main dans l'eau, l'autre autour d'un verre de gin. » Il est entre deux âges, en pleine forme, bien bâti : c'est un nageur. Sa maison se situe à une dizaine de kilomètres du lieu de la fête. Il balaie l'horizon du regard et voit ce que lui seul peut voir : la courbe formée par les piscines privées de tous ses amis jusque chez lui. Il se lève, ôte son tee-shirt et son pantalon, lance à la cantonade qu'il rentre à la nage, par les piscines et les pelouses comme on voyageait autrefois par monts et par vaux. Rires. Sourires gênés. Il plonge, traverse le bassin en crawl, sort de l'autre côté, salue ses amis. Il disparaît derrière une haie parfaitement taillée. Cheever écrit : « La journée était splendide, il lui semblait que le meilleur moyen de la célébrer et de la prolonger était de nager. » Ainsi débute le voyage d'un homme en maillot, dans les piscines à côté desquelles les cocktails dominicaux sont comme une guirlande lumineuse, dans une banlieue du Connecticut, où « l'eau atténuait le son des voix et des rires, suspendant leur bruit quelque part au milieu de l'air ». Quiconque a eu un jour envie d'échapper à une conversation ennuyeuse en piquant une tête dans une piscine aura compris la force de ce récit.

Quatre ans plus tard, le réalisateur Franck Perry achète les droits de la nouvelle et réalise un film que les amoureux de la nage voient et revoient sans lassitude comme ils alignent les longueurs de bassin. L'acteur a alors 55 ans. Il est magnifique, en maillot de bain d'un bout à l'autre : un héros grec au pays de l'oncle Sam. Le film n'a connu qu'un succès d'estime à sa sortie en 1968 : trop étrange, trop littéraire, trop singulier. Dans la nouvelle, une seule phrase définit sa quête, son vertige : « Rentrer chez lui par cette route inhabituelle lui donnait le sentiment d'être un pèlerin, un explorateur, un homme avec un destin. » Le regard bleu gris de Burt Lancaster moulé dans un maillot minuscule, ventre plat et pectoraux sculptés donnent le ton.

Le film, comme la nouvelle, révèle la vacuité de la société américaine consumériste. Chaque piscine est l'occasion pour son propriétaire de vanter la qualité de son marbre, des derniers équipements de filtrage, sa propre opulence. Les pelouses sont grasses et entretenues, les femmes alcooliques, séductrices, subtiles et sportives, les hommes alcooliques, ennuyeux et golfeurs. Burt Lancaster parle peu, il nage. Il salue poliment, demande un verre. On le regarde avec compassion, il n'est déjà plus de leur monde. À chaque étape il fait escale au bar de la piscine. Lentement se dessine la chute de la virilité dans la dépression et l'alcool, la noyade psychologique. « C'était son quatrième ou cinquième verre et il n'avait pas encore nagé la moitié de son parcours. » On le pressent : c'est le dernier voyage du héros. Chaque ligne de la nouvelle et chaque plan du film sont portés par le rêve d'une ultime liberté. Au moins, on ne pourra pas lui ôter le plaisir de nager. Burt Lancaster n'est plus rien sur la terre, il renaît dans l'eau. Traverser les bassins est une respiration dans une vie déchue. La réussite sociale est son calvaire, le chlore sa délivrance, son épopée aquatique sa résistance.

Au milieu du film, une scène me donne encore les larmes aux yeux. Elle n'existe pas dans la nouvelle. Burt Lancaster entre par effraction dans une propriété. Il y rencontre un petit garçon triste et seul assis sur un muret. Ses parents ne sont pas là. L'homme en maillot de bain et l'enfant engagent la conversation. Le dialogue sera bref. Le héros demande à traverser la piscine. L'enfant le guide au bord d'un bassin, vide. L'adulte a le regard perdu, il n'avait pas envisagé ce cas. Le gamin l'interpelle. « Je ne sais pas nager. » Alors Burt Lancaster le regarde lentement, lui sourit, le prend par la main. Ils descendent dans le bassin. Ils sont au fond, debout, impuissants, asséchés. Ancien gymnaste, souple et gracieux, Burt commence à mimer les gestes de la brasse, puis du crawl. L'enfant l'imite. De plus en plus vite. Ils avancent dans le bassin. Qu'importe l'absence d'eau, ils nagent. Leurs sourires sont illuminés par le bleu des rebords du bassin, sous un plongeoir gigantesque et effroyable. Au loin, la maison vide. Tout est triste, vain, angoissant. Burt Lancaster a les yeux fous. Il pose la main sur l'épaule de l'enfant esseulé. « N'oublie jamais, petit, quand tu nages, tu es le capitaine de ton âme. »

9

Le temple

La nage est un rite. Elle a ses temples. Les croyants vont au temple tôt le matin. Les « vrais » fidèles sont au rendez-vous, l'hiver, quand il fait froid et nuit. Dans la file déjà formée, bonnets de laine enfoncés sur le crâne, nageurs et nageuses de l'aube ne se connaissent pas par leur prénom mais se reconnaissent. Le temple va ouvrir. 6 h 55. Il y a toujours celui qui veut être le premier dans le bassin, à fendre l'eau encore impassible, comme un miroir. On l'observe, narquois. Il s'en fiche. Il est fada, mais juste un peu plus que les autres. L'employé municipal est le gardien du temple, il prend les tickets en silence. Il connaît ses ouailles.

La piscine Pontoise, dans la rue éponyme, est un monument historique. Il faut monter se changer avant de descendre dans l'eau. Deux étages de cabines enserrent le bassin, sous un toit en dalles de verre. Un cabinier silencieux arpente les coursives du navire immobile, trousseau de clés à la main comme un maton en maillot de bain. Il ouvre la cabine individuelle, de couleur bleu clair. Un banc étroit, une patère, une ampoule. Le nageur laisse ses affaires de ville, puis émerge en tenue de bain. Les portes claquent. Instant où chacun se sent propriétaire de sa cabine. Pontoise, c'est l'élégance au petit matin.

En quelques minutes, les corps quasi nus descendent les escaliers pour se laver dans une grande pièce en carrelage blanc. Douche méthodique, rapide, pommeaux anciens, filet d'eau modeste. Ablutions avant la prière. L'eau est notre déesse. Elle est là, bleu nuit, dans les lumières crues des néons blanc cassé. Immaculée, lisse, prête à nous accueillir. 33 mètres de liberté enchâssée entre quatre murs rassurants. Les carreaux bleu clair séparés par d'autres bleu foncé, délimitant les lignes d'eau au fond du bassin, ne sont déformés par aucune onde.

Chaque communiant a sa méthode. Une nageuse plonge d'une traite. Liane musclée en maillot noir de compétition, elle fend la surface, ondule sous l'eau deux, trois, quatre fois, mains et bras parfaitement alignés avec le reste du corps : une torpille. Elle enchaînera deux kilomètres sans jamais s'arrêter. Un nageur descend les marches respectueusement, intimidé. Il va se coller contre le mur, le toucher d'une main, pour se rassurer. Il plaque ses pieds contre les carreaux, pousse délicatement. Il part d'une brasse efficace.

Les silhouettes ne sont jamais uniformes. Hormis pour les athlètes de haut niveau, la natation ne crée pas de corps stéréotypés. Bien sûr, on voit des épaules larges, des fesses musclées, des pectoraux puissants et discrets, mais pas seulement. Je me souviens de cet homme dont j'avais décidé qu'il était grec. Il nageait 6 jours sur 7 dans la piscine de la rue de Pontoise. Une bonne cinquantaine, une grosse barbe, des cheveux noirs ébouriffés émergeant de son bonnet. Un torse très large, des jambes courtes, des mains immenses. Il nageait un crawl lent et régulier, ne s'arrêtait qu'à la sonnerie, au bout d'une heure vingt. Je le suivais parfois. Sa vitesse ne variait jamais. Il dépassait ou se laissait dépasser tranquillement, sans la moindre éclaboussure, sans nul geste de contrariété ni d'agacement. Il virait court sur le mur. Pas un mot ni un regard. Une heure. 2 500 mètres. J'avais compté en me mettant dans son sillage.

Et puis, il faut bien choisir le couloir. Dans certaines piscines, il suffit de suivre les indications : rapide, moyen, avec palmes, ou « libre ». Gare au nageur trop lent dans une ligne rapide : il sera doublé, poussé, morigéné, voire discrètement cogné. Dans ce petit monde matinal, on doit connaître son allure. En une heure, les meilleurs ont nagé plus de trois kilomètres. À 8 h 20 pile, la piscine devient scolaire. Les gamins du primaire ou des collèges du quartier investissent les escaliers puis les cabines libres. On entend de loin leurs rires. Puis ils descendent au bord du bassin, se tassent dans les gradins, grelottent l'air furieux. Il nous faut partir. Dans les douches, les plus affûtés comparent leurs temps, l'œil rivé sur la montre de compétition. Les autres, déjà perdus dans leur journée à venir, se dépêchent de se savonner pour rejoindre le monde terrien. Juste avant la sortie, sèche-cheveux et miroirs. Les nageuses rajustent leur tenue, ajoutent une touche de rouge à lèvres. Les effluves de parfum dominent l'odeur du chlore. Dans la rue, les nageurs se fondent dans le flot. Ils sont des piétons de Paris qui ont communié dans un temple grec.

10

L'homme du Pacifique

Le bateau de pêche de mon grand-père Paul, un petit cotre bleu et vert amarré dans la baie de Port-Blanc, s'appelait le *Tontouta*. Une consonance douce et coulante. Rien de breton. Enfant, j'allais pêcher le maquereau sur le Tontouta avec grand-père. C'était un hasard, car le bateau avait été baptisé par son premier propriétaire, un pilote d'avion, mais il aimait me raconter que le bateau portait le nom de lieux où son propre père avait autrefois fait escale, en Nouvelle-Calédonie. Aujourd'hui, Tontouta est le nom de l'aéroport de Nouméa. Dans mes yeux d'enfant, je voyais des plages de sable blanc balayées par des vents tropicaux, des arbres exotiques dont les racines se perdaient dans les lagunes. Des nageuses aux muscles fins traversant en brasse souple et légère des lagons turquoise. Ma fascination pour le Pacifique date du *Tontouta*. Dans le récit familial, la Nouvelle-Calédonie n'avait pourtant rien de la vision idyllique que m'inspirait ce nom, incarnation de la félicité.

Dans ce coin de Bretagne, mes aïeux s'engagaient très jeunes, à 12 ou 13 ans, à bord de baleiniers. C'était leur destin : le travail se trouvait à Paimpol ou Roscoff. Il fallait embarquer. Pêcher des baleines selon un itinéraire classique : départ de Bretagne pour le large du Canada, Terre-Neuve, puis descente de l'Atlantique, passage du cap Horn, escale à Valparaiso, traversée du Pacifique vers la Nouvelle-Calédonie. Long arrêt à Nouméa puis route vers le Japon, où la pêche était vendue. Et enfin le retour. Des campagnes de pêche qui duraient deux ans, terriblement rugueuses, parfois mortelles, des vies de labeur avant des retraites dans des maisons tournant le dos à la mer. Jules Michelet a décrit le rôle pionnier des baleiniers : « Qui a ouvert aux hommes la grande navigation ? Qui révéla la mer, en marqua les zones et les voies ? Enfin qui découvrit le globe ? La baleine et le baleinier. »

Il n'a jamais été question de la nage dans les récits de mon grand-père Paul. Son père lui interdisait d'aller voir la mer, distante de 10 kilomètres seulement, pour qu'il ne soit pas tenté d'embarquer. Alors s'y baigner, il n'y pensait pas. Mon arrière-grand-père, François Le Moal, avait passé le cap Horn pour la première fois à 14 ans comme mousse. Puis gravi les échelons dans la

Marine nationale avant une parenthèse remarquée dans l'espionnage maritime en Grèce, à surveiller le détroit des Dardanelles. De l'autre côté de la famille, Yves Kerambrun, mousse à Paimpol dès son adolescence, avait « fini » ingénieur-mécanicien et vécu des années au Japon à construire des sous-marins. Mais dans la famille les morts étaient plus nombreux que les retraités: l'un à Calcutta, raison inconnue. Un autre au large de l'Afrique, on ne sait ni ou ni comment. La mer n'était pas un aimable divertissement. Pour la génération de mon grand-père, l'urgence était de ne plus travailler à bord des bateaux, et d'avoir un métier à terre. Ainsi se termina chez nous la lignée des marins.

Le Pacifique me faisait rêver. J'avais lu les récits de Victor Segalen. « Eha, l'homme qui pagaie avec ses mains, qui veut serrer l'eau dans ses bras et compter les poissons sous ses doigts ! » On nageait donc ! Segalen, médecin de marine engagé sur la *Durance* en 1903, note les caractéristiques maritimes des Polynésiens. « Beaux nageurs à travers l'étendue ; plongeurs de la mer liquide ou navigateurs des étangs verticaux sur les toiles gonflées par le regard. » Leur nage est étrange, venue du fond des temps et des mers. À mon tour, je partis plonger dans le Pacifique.

La première fois à San Francisco. J'avais 22 ans. Le sable était gris foncé, la brume dense, le vent froid, nous étions en mai. Sur la plage, des surfeurs. Dans l'eau, des surfeurs. Pas un maillot de bain. Uniquement des combinaisons. Une mer glacée, enroulée en cylindres impressionnants. Nous avions peur. D'un coup, l'immensité de l'océan devenait terrifiante. Où en est l'extrémité, la fin ? Le large n'a jamais aussi bien porté son nom. L'horizon, rien que l'horizon. Au loin, Tontouta, mais si loin, dans cette ligne de fuite noire et nébuleuse. De l'eau jusqu'à la taille, nous sentions la puissance du ressac, hésitions à aller plus loin, le fond descendait en pente abrupte. Les vagues nous cognaient, nous faisaient perdre l'équilibre. Mon amoureuse avait peur, elle aussi. Elle se sentait « emportée » par la mer. Nous avons fait quelques brasses, pour nous dire que nous avions bien nagé dans le Pacifique. Quelques minutes plus tard, nous étions hors de l'eau, à la fois fiers et impressionnés par la force tellurique de cet océan.

J'ai attendu plusieurs années pour retourner au bord du Pacifique, toujours du côté américain, mais cette fois en Patagonie chilienne. Un voyage en cargo le long de cette côte mythique, de la pointe sud du monde habité à l'île de Chiloé. Au cours d'une escale de quelques heures dans un village au creux d'un fjord pour déposer du courrier, nous avons observé une famille indienne. L'une des dernières de la région, survivante du génocide européen des indigènes de Patagonie. Dans mon sac à dos, *Qui se souvient des Hommes…*, le livre de Jean Raspail pour comprendre comment ces Indiens, maîtres des canaux et des eaux de la Terre de Feu, vivant à bord de canots, pêcheurs-cueilleurs, avaient quasiment disparu de la surface de la planète. Eux, les Alakalufs, n'avaient aucune crainte de l'eau : « Jusqu'au dernier jour de sa vie elle plongeait à travers les roches pour cueillir les grappes de cholgas avec ses mains en crochet. Les coquillages qu'elle ramassait étaient toujours plus gros et plus savoureux que les autres parce qu'elle s'enfonçait à vingt pieds sous la surface de l'eau et se passait de respirer plus longtemps que les autres femmes du canot. Un jour elle n'est pas remontée. »

Enduits de graisse de phoque ou d'otarie, ces Indiens nageaient et plongeaient pour leur survie. Dans des eaux glacées, violentes, hérissées de rochers abrupts. Pendant des siècles, avant la colonisation meurtrière de l'Amérique, femmes et hommes se baignaient sur toutes les rives du Pacifique. De la Terre de Feu aux îles Salomon, du Japon à l'Alaska en passant par Hawaï, des rivières d'Amazonie aux Grands Lacs, ils plongeaient, pêchaient à la main ou à la lance, tuaient ou jouaient, se lavaient et se nourrissaient de l'eau. À la même époque, les Européens considéraient encore que l'eau véhiculait maladies et déviances sexuelles.

Parvenus à Chiloé, décidés à tenter de nouveau l'expérience pacifique, nous entrions dans l'océan, armés de notre courage et de nos maillots, à défaut de graisse de phoque. Il était froid, très froid. Et sombre. Mais il nous intimidait déjà moins que la première fois en Californie. Nous ne faisions que nous inscrire dans cette histoire, et brasser comme d'autres avant nous. Nous étions les apprentis, ils étaient les maîtres. Et ces abrutis de conquistadors auraient mieux fait de les observer au lieu de les massacrer : ils auraient évité bien des noyades.

Le 12 août 1911, le monde « civilisé » a peut-être compris son erreur. Dans l'histoire de la nage, c'est peut-être la date la plus symbolique. La scène a pour théâtre la plage de Honolulu, plus exactement son port. Une course de natation y est organisée. Depuis peu, les colons aiment regarder les hommes nager. Les femmes sont en robe de lin blanc, protégées par des ombrelles. Les hommes coiffés d'un panama, et cravatés, en costume. La ligne de départ est une barge, celle d'arrivée, une corde tendue à un mètre de l'eau, entre deux pontons. Il fait chaud, la mer est d'huile. Les nageurs sont vêtus d'un maillot allant de mi-cuisse jusqu'aux épaules. Tous très musclés, la peau foncée, ce sont les indigènes de l'île.

Parmi eux, Duke Kahanamoku, 1,85 mètre pour 80 kilos. Il va avoir 21 ans. Il sourit. Comme toujours. Son sourire deviendra son étendard. Le coup de sifflet retentit. Duke pulvérise le 220 yards (201 mètres), puis le 100 yards, puis le sprint du 50 yards. Trois victoires avec des longueurs d'avance sur ses concurrents. Pas d'essoufflement mais un grand sourire. Les dames s'affolent, les hommes sont penchés sur leurs chronomètres. Les records ont été pulvérisés. Duke a nagé comme toujours, dans le sillage de son père et de ses ancêtres. Et à son tour il apprend à nager à ses nombreux petits frères et copains du port. Duke surfe ou nage, ne fait que ça, et n'a jamais pensé à se chronométrer. « Hors de l'eau, je ne suis rien. » Ce sont les seuls mots qu'il adresse aux journalistes qui lui demandent son secret. Les lampes des flashs éclatent les unes après les autres. Des envoyés spéciaux sont dépêchés en urgence de San Francisco pour le voir, lui parler. Il est le premier homme du Pacifique dont on scrute le temps, la puissance, les mouvements. On ne le regarde plus comme un indigène qui bat des pieds et des mains dans l'eau, mais comme un nageur. Duke fait son entrée dans l'Histoire.

Grâce à David Davis, l'auteur de la biographie de Duke Kahanamoku, on sait qu'il est un « *beach boy* », un gamin surfeur donnant des leçons à des riches Américains en voyage sous les tropiques. Il passe son temps sur les plages de Waikiki et de Honolulu. Sa planche pèse 45 kilos, le poids moyen des grandes planches de l'époque. Pour franchir la barre de vagues, il faut de sacrés bras. Duke est l'un des meilleurs surfeurs. Il glisse, vire, remonte, sans effort apparent. Pour amuser les clientes, il les hisse sur sa planche, et prend les vagues. Quand elles tombent, il plonge les récupérer. Elles l'adorent, les maris un peu moins.

Il sourit, toujours. Quand il n'est pas sur sa planche, il nage. Pour rejoindre les copains. Pour s'occuper. Sa puissance est remarquée. Il est aussi beau comme un dieu. Il ne le sait pas encore, mais il va à lui seul incarner pendant des décennies le Pacifique : non pas la mer immense et douloureuse des travailleurs mais l'océan et ses îles, ses parfums, ses peaux cuivrées, ses lagons et ses vagues. Il deviendra l'emblème d'une Amérique à la recherche de héros.

En ce début de siècle, la natation est un sport de blancs, de riches, réservé aux étudiants des meilleures universités. Avec un peu de retard sur les Britanniques, les Américains ont découvert la nage sportive. Benjamin Franklin avait pourtant été un précurseur, un siècle plus tôt, et jeté les bases du sport. L'imprimeur devenu éditeur, scientifique, inventeur de génie, et rédacteur de la Déclaration d'indépendance était un nageur accompli et passionné. Il était l'auteur du premier traité américain : *The Art of Swimming Rendered Easy, with directions to learners.* Ce n'est évidemment pas son ouvrage le plus célèbre, mais il a circulé de mains en mains, entre *aficionados* de la nage. On doit aussi à ce génie l'invention des palmes et des plaquettes : il avait transformé deux palettes de peintre, avec le trou pour le pouce, en accessoire pour augmenter sa puissance de nage !

Au long du XIXe, des clubs se forment, un peu partout dans le pays : on ne parle pas encore de piscine, mais de « *reservoir* », aux dimensions variables. On y nage un peu n'importe quoi, pour changer de la brasse. La « nage indienne », fruit de l'observation des indigènes, sera le précurseur du crawl. William Bird, un colon anglais, note déjà dans son journal en 1739 que « les Indiens ne poussaient pas l'eau des deux mains, mais alternativement. De cette façon, ils nageaient à la fois plus rapidement et plus loin que nous ». Les explorateurs des mers du sud du Pacifique feront les mêmes observations un siècle plus tard. En 1880, un voyageur britannique, Frederick Cavill, regarde aux îles Salomon des garçons nager en battant des pieds. Il importe la technique à Sidney et restera dans l'Histoire comme l'inventeur du « crawl australien », en fait une technique ancestrale légèrement adaptée.

Duke Kahanamoku n'a lu aucun de ces récits, ne sait rien de l'histoire américaine, quand il débarque de son Honolulu natal à San Francisco. C'est le premier voyage de sa vie. Les organisateurs de compétition du continent ont eu vent de ses exploits, et veulent le voir à l'œuvre. Ils ne croient pas aux « chronos » dont la presse parle. C'est trop rapide. Les chiffres ont dû être truqués, ou mal interprétés. On se moque un peu de ce personnage si exotique. Duke le sait bien, et il a un peu peur. On lui a fait miroiter les Jeux olympiques, il sait qu'on va scruter ses prestations. Il monte à bord d'un train, direction Pittsburg. Avant de rejoindre New York il doit participer à une première course. Duke ne connaît pas les bassins. Il ne connaît que l'océan.

Duke entre dans le *reservoir*. Première surprise : c'est un bâtiment fermé, sans fenêtre. Des milliers de spectateurs sont assis, et fument le cigare. Atmosphère irrespirable. Seconde déconvenue : les lignes d'eau n'ont pas encore été inventées. Lui qui est habitué à fendre tout droit la mer dans les vagues ne sait pas comment il va garder sa trajectoire, à quel repère se fier. L'eau est froide et l'air chaud. Au coup de sifflet, il part vite, la foule hurle et lui casse les oreilles. Il doit nager 200 yards, mais ne sait pas virer au mur. Ses jambes deviennent douloureuses, son souffle manque. Il boit la tasse, se laisse rattraper. Il manque de se noyer et on le sort de l'eau. David Davis a retrouvé cette remarque acerbe d'un journaliste du *Pittsburg Press* : « Kahanamoku l'Hawaiien a découvert qu'il y a un monde entre la pratique du surf et la vraie nage dans un bassin de 75 yards. »

L'histoire aurait pu s'arrêter là, piteusement. Mais Duke est remarqué par l'entraîneur de l'Université de Pennsylvanie. À la sortie du bassin, il lui propose de venir avec lui à Philadelphie, à l'écart de la presse et de la pression. En quelques semaines, il lui enseigne virages et départs. Duke apprend vite, et pas seulement la natation. Il souffre du racisme en silence. On refuse de le servir dans un restaurant, il sourit et va ailleurs. On le qualifie de « nègre » ou d'« Indien ». Il sourit et retourne nager. Le soir, il sort son ukulélé et chante les mélodies de son île. Elle lui manque. Sa famille aussi. Mais sur ses épaules repose la notoriété d'Hawaï. Il s'accroche. Il recommence à nager vite, très vite, plus vite que les autres. Les journalistes reviennent, commentent son physique exceptionnel, y compris sa virilité, moulée dans le maillot de laine de l'époque : à la sortie des bassins, la laine colle à ses muscles et à son entrejambe : on le qualifie de « plus beau spécimen humain de l'Histoire ».

Le 11 juin 1912, une course de sélection de l'équipe américaine pour les Jeux olympiques de Stockholm est organisée dans le New Jersey. Duke pulvérise le record du 200 yards en 2 minutes et 40 secondes. Il est immédiatement sélectionné : il nagera le 100 mètres et le relais sous les couleurs américaines. Sa carrière sportive peut commencer. Le roi de Suède Gustave V lui remet sa première médaille d'or quelques mois plus tard. Il en aura bien d'autres : une flopée de titres nationaux et mondiaux. Il ne sera détrôné qu'aux Jeux de Paris en 1924, par le jeune Johnny Weissmuller, autre vedette des bassins puis des écrans... La carrière de Duke ne se limitera pas aux bassins. Il continue à pratiquer le surf, dessine des planches, allège les matériaux, prend des vagues mythiques au point de devenir lui-même un mythe du surf, hissant Hawaï au rang de temple mondial de la discipline. Aux yeux du monde, il incarne le Pacifique. Il deviendra même shérif d'Hawaï de 1932 à 1961, mais jamais ne cessera de nager et de surfer. Son sourire éclatant, sa forme « olympique », son physique gracieux, musclé et souple continuent à faire la une des magazines. Hawaï n'était qu'un « territoire rattaché » depuis 1898, et devient le cinquantième État en 1959. On lui attribue quelquefois les mérites de ce rattachement. En 1968, à 77 ans, Duke meurt à Waikiki d'une crise cardiaque. Le Duke est mort. On entend encore sur la plage les notes de son ukulélé.

11

Edmond Dantès et moi

En plongeant dans l'eau depuis le château d'If, les mots de Dumas me reviennent à la mémoire : « Eh bien ! dit-il, soit, j'irai jusqu'au bout, jusqu'à ce que mes bras se lassent, jusqu'à ce que les crampes envahissent mon corps, et alors je coulerai à fond. » Avant d'écrire les pages les plus mémorables du *Comte de Monte-Cristo*, le grand romancier est venu embrasser la baie de Marseille. De ce point de vue, j'ai compris l'intensité de la fuite à la nage d'Edmond Dantès.

Dans le jargon des nageurs en eau libre, on parle de la « DMC ». On guette la date des inscriptions, on enchaîne toute l'année les kilomètres en piscine en pensant à la mer. On a peur de ne jamais être prêt. Et puis un beau matin, on se retrouve en combinaison, encore engourdi par la nuit blanche, et on plonge dans l'eau. DMC (on dirait presque une pathologie psychiatrique) pour « Défi Monte-

Cristo » ou « comment se prendre pour Edmond Dantès ». Soyons honnête : il ne s'agit pas de sortir d'un sac mortuaire alourdi d'une pierre, les pieds liés par une corde. Nous n'avons pas non plus à échapper à des geôliers, à nager vers une île au large, à nous écorcher pieds et mains sur des rochers glissants, de nuit et nu, à feindre d'être un naufragé et à embarquer par la ruse à bord d'une tartane de contrebandier en route vers Livourne, afin d'élaborer la plus subtile des vengeances. Non, soyons francs, il s'agit de nager en hommage, pas dans l'imitation.

Ce matin de début septembre, à bord du bateau qui mène les concurrents au château d'If, je regrette d'avoir opté pour la distance « reine », le « 6 kilomètres ». Les organisateurs ont, en effet, prévu des options au « menu » Edmond Dantès : du kilomètre simple avec palmes le long de la côte au 6 kilomètres depuis le château du plus célèbre prisonnier d'Alexandre Dumas. Je suis dans ma combinaison, sans manches. Autour de moi, des habitués de la course. Une légère brise, rien d'inquiétant. La mer n'est pas lisse, mais calme. Un petit clapot.

Les spécialistes scrutent en même temps l'horizon et leurs montres connectées : le courant devrait nous porter sur le premier kilomètre, puis nous pousser à bâbord sur le second. À la troisième bouée, « en prenant vers le Cercle des nageurs, on devrait pouvoir se laisser porter un peu ». Accents marseillais, mais aussi étrangers. « Il y a des nageurs russes », me glisse un jeune coureur tellement musclé qu'il ne devrait craindre personne. Les plus malins grignotent en silence des barres de céréales, puis vérifient le serrage de l'élastique de leurs lunettes. Sur le pont, on se passe de la vaseline dans le cou. Avec le frottement du sel, le col de la combinaison torture le cou au bout de quinze à vingt minutes et lui donne, s'il n'est pas abondamment enduit de gras, une couleur aubergine peu élégante. Jeunes, vieux, hommes et femmes en pleine crise d'âge, tout le monde se jauge. Les meilleurs, professionnels de la discipline, sont entre eux à l'avant du ferry réquisitionné pour la course. Ils s'étirent : poignets, épaules, coudes, genoux, cou. Pas une partie de leur corps ne doit coincer pour tenter de battre un record. Je ne les reverrai plus qu'installés sur le podium, face aux caméras et appareils photos.

Le ferry accoste. Il faut vite sauter à quai. Tout s'accélère. Dernières consignes de sécurité. Des kayaks vont longer la course. En cas de crampe, de peur, d'épuisement, ne pas hésiter à « lever le bras ». Ce sera l'abandon, mais pas la noyade. Les plus pressés ont déjà sauté à l'eau. Je prends un instant pour regarder l'immensité soudaine de la baie : « Il se retourna vers la forteresse, interrogeant à la fois d'un long regard circulaire la terre et la mer. » Puis saute à mon tour. L'eau est fraîche, mais n'est pas froide. Elle est bleue, douce. J'ajuste mes lunettes et regarde le fond : je pourrais tout aussi bien ne pas prendre le départ et passer une très agréable matinée à contempler les poissons tourner autour des rochers et les reflets du soleil. Mais non !

À bord du ferry, le capitaine donne le signal du départ d'un coup de sirène. L'eau si calme se transforme en bouillon. Coups de pied, de bras, on se passe les uns sur les autres, on s'accroche. Je parviens à éviter d'assommer ou d'être assommé, prends un départ tant bien que mal. Ne vois plus que des pieds battant devant moi à toute allure. Respirer. Trouver un rythme. Il faut avoir mémorisé des repères sur la côte. Tous les dix ou quinze coups de bras, interrompre l'harmonie du crawl et relever son cou pour vérifier le cap. Le premier kilomètre et demi est impressionnant. Une fois par an, dans cette partie de la baie, interdiction de navigation. La mer est consacrée aux nageurs ! Pas une voile ni un moteur, juste le léger sifflement des pagaies des kayaks de sécurité, pas loin, et le battement régulier des bras dans l'eau. Au-dessous, le profond, le turquoise, le marine puis le bleu nuit, le noir enfin.

Se concentrer sur son propre souffle et le battement de ses mains, trouver le bon équilibre pour aller au bout. Franchir la première porte entre deux roches, longer la baie. Encore un kilomètre et on laisse à main gauche le mythique Cercle des nageurs.

Moitié du parcours. Passer du bon côté de la bouée. « Dantès fit un trajet assez long entre deux eaux ; cette manœuvre lui était jadis familière, et attirait d'ordinaire autour de lui, dans l'anse du Pharo, de nombreux admirateurs, lesquels l'avaient proclamé bien souvent le plus habile nageur de Marseille. » Ma seule manœuvre : tenir. Les anses et la corniche glissent à ma gauche avec une étonnante régularité, tandis qu'à droite le soleil m'éblouit. L'effort distille son lot d'endorphines, efface douleurs et fatigue. Plaisir d'être à ma place, ma bonne place. Rien à faire du classement. Parfois, un courant frais me traverse, impression d'être réveillé en sursaut. Un autre me pousse sur une centaine de mètres. Mon corps glisse, porté par la main invisible d'une mer réconfortante : quelques minutes de grâce. Les concurrents apparaissent, disparaissent. Parfois risquent de m'embarquer à l'écart de mon cap. Ne faire confiance qu'à ma boussole.

À un kilomètre de l'arrivée, mes forces ont nettement décru, mais la vision d'une grande roue blanche de foire que je sais à proximité de la ligne me rassure. Soudain, arrivant de l'arrière, une nageuse vient se porter sur le bord. Ses bras sont à la hauteur de mes yeux, elle va me dépasser. Je force un peu, orgueilleux. Au passage de bras, au moment où ma tête s'incline pour respirer, je vois ses yeux. Nos regards se croisent. Elle va plus vite, mais me sourit. Je comprends son idée, puisqu'elle accompagne son sourire d'un mouvement de menton vers l'avant. J'accélère, elle se laisse glisser dans mon sillage, et je la porte. 100 mètres, elle me dépasse, et je me colle dans le sien. Mon effort est moindre. Je me repose. 100 mètres pour elle, 100 mètres pour moi. Et chacun accélère autant qu'il peut, dans une tension conjointe pour s'approcher plus vite de la ligne. Le goulet de l'arrivée se profile, dans le chenal nous sommes obligés de mettre fin à notre relais, nous sommes tout à coup plus nombreux. Nous nous perdons de vue. La course est terminée. Le sourire englouti.

Dans le train de retour vers Paris, quelques heures plus tard, la fatigue m'écrase. « Il s'endormit de ce délicieux sommeil de l'homme chez lequel le corps s'engourdit, mais dont l'âme veille avec la conscience d'un bonheur inespéré. » Je partage un autre point avec Edmond Dantès : la mer n'a pas été mon linceul.

12

Bassin confiné

Le gardien reste derrière la grille. Il me salue d'un geste sec. Il a une feuille à la main, un gros rouleau de scotch, et n'ouvre pas. Entre ses mains le mot imprimé en très gros caractères : LES PISCINES SONT FERMÉES JUSQU'À NOUVEL ORDRE.

L'épidémie de Covid a verrouillé les bassins. Le soir, je regarde mes affaires. Maillot, serviette, palmes, pull-boy, plaquettes, lunettes. Tout est en ordre, dans le sac de marin rouge que je porte à chaque session de natation, 3 ou 4 fois par semaine. Je me refuse encore à le ranger, comme le fumeur qui veut arrêter et laisse son paquet sur son bureau. Je jette un œil aux réseaux sociaux, il y a bien quelques hashtags #ouvrezlespiscines, mais aucun mouvement révolutionnaire. Pas de groupe secret qui envisage de pénétrer clandestinement dans les piscines, de nuit. Inutile d'imaginer aller à la mer. Les plages sont interdites, la natation en mer passible d'amendes.

Je regarde quelques vidéos de nageurs professionnels qui s'entraînent dans leur garage avec des élastiques. Je n'ose pas évoquer cette possibilité par peur du ridicule. Je ne nage plus. Les mois passent, assèchent la peau et presque le souvenir de l'eau. Un jour de novembre 2020, je subis une opération. Ablation d'une vis sur une cheville, vestige d'un accident. Le chirurgien a tenu à préciser qu'il ne faudra pas nager, ni en mer ni en piscine, pendant trois semaines. Les piscines étant fermées, le conseil avait glissé. Au cours d'une visite de contrôle, quelques semaines plus tard, la cheville s'avère encore bien raide. Le médecin lâche : « Ce qui vous ferait du bien, c'est de reprendre la natation. » Il se moque un peu de moi ? « Je peux vous faire une ordonnance de piscine. » « Ça existe ? » dis-je. « Quelques piscines sont ouvertes pour les nageurs professionnels ou pour raison de santé. » Je le regarde rédiger son ordonnance, puis une attestation. Deux feuilles dûment signées, tamponnées. Je sors de son bureau un immense sourire aux lèvres. Je vérifie sur mon téléphone les piscines ouvertes pour les candidats à la rééducation. Il y en a une pas loin de chez moi.

Nuit noire d'un petit matin de début décembre. Entrée d'une piscine très moderne, près du périphérique. Je m'approche lentement. Deux personnes sont déjà là, attendent l'ouverture. Le masque et les bonnets nous rendent anonymes. Presque invisibles. Pas un mot échangé. Chacun tient prêtes son ordonnance et sa pièce d'identité. Je vais me faire refouler, c'est sûr. Les portes s'ouvrent. La caissière : « Votre attestation ? Parfait, merci, bonne séance ! » Les vestiaires sont neufs. Les deux autres nageurs sont déjà en maillot. Je me sens lent, empoté. J'ai l'impression qu'un gendarme va bientôt me saisir par le poignet et me faire sortir. Douche. Découverte du bassin. Il n'est pas bleu turquoise comme les autres, son fond est gris et noir, très élégant, en aluminium. 25 mètres de beauté épurée, découpés en 9 couloirs. Deux seulement sont occupés.

Un maître-nageur nous accueille de sa chaise haute : « Bonjour ! Vous avez le choix ! » Je prends le couloir le plus près des fenêtres ouvrant sur un stade. J'entre dans l'eau lentement pour profiter de cet instant magique. Je descends au fond et m'assois. J'observe mes deux comparses lancés dans leurs séries. Je commence à nager en brasse. Les longueurs se succèdent, j'étire au maximum : je compte jusqu'à trois, glisse dans l'eau. Le soleil se lève, un peu de lumière perce la surface, vient iriser le fond. Je vois le reflet de mon corps dans l'aluminium. Je détache mes mouvements, passe au crawl. Je me vois encore. Un coup de papillon. Je constate que mes mouvements sont lourds, peu élégants. Je ne nage pas vraiment, mais joue à nager. Les deux autres nageurs sont partis. Je suis seul dans une piscine à Paris, un matin d'hiver, en pleine épidémie. Légère sensation de culpabilité, vite dissipée dans le chlore.

Dès lors, j'irai nager tous les jours ou presque, partagé entre liberté et transgression. Je n'ose en parler, j'ai peur de perdre mon précieux sésame, d'être dénoncé. Mais la gendarmerie ne viendra jamais m'arrêter, les maîtres-nageurs deviendront même des copains et, pour rompre leur ennui, me prodigueront leurs conseils. Un soir, je décide de nager 5 kilomètres dans ce bassin de 25 mètres. Soit 200 longueurs. En sortant de l'eau, les maîtres-nageurs m'applaudissent. C'est ma consécration, ma médaille d'or.

Jouir de ce plaisir intense pendant que le pays vit en régime de liberté surveillée nécessite quelques astuces. Je n'utilise plus mon sac rouge, beaucoup trop voyant. Je transporte mes affaires de piscine dans un sac en plastique. J'ai failli être démasqué ! C'était dans l'ascenseur, en arrivant au travail : « C'est fou, on dirait que tu as des marques de lunettes de piscine », me dit une consœur. Je souris, bredouille. Ça passe. Dans les douches ou au bord du bassin, je croise chaque jour les mêmes visages. Chacun a son couloir réservé. Un petit mot d'excuse quand on passe dans celui de l'autre. Politesse exquise entre privilégiés. Aucune question sur la nature de l'ordonnance ou de l'attestation. Une amie médecin me confie qu'il est possible d'en avoir une pour « détresse psychologique ». Je tente de deviner lequel d'entre nous souffre de la plus sévère détresse psychologique. Bref, qui est le plus fada !

Pour faciliter les désinfections, les vestiaires et les douches sont mixtes. Les distances sociales respectées, mais il y a dans l'atmosphère un brin d'excitation adolescente. Petite colonie de vacances. Il plane cette sensation d'interdit qui rend la piscine encore plus attirante. Nous savons pourtant que cette parenthèse connaîtra une fin. À l'extérieur du bassin, comme les autres, nous voudrions prendre un verre en terrasse, retourner au cinéma ou au restaurant, enlever ce masque qui nous rend fous et nous empêche de sourire. C'est imminent, dit la rumeur. Dans le petit monde caché des piscines, on voudrait que tout ouvrît, sauf les bassins. Qu'elles restent réservées aux « fadas ».

Un matin de mai, nous sommes quatre dans l'eau. Trois nageuses, et moi. Je nage bien mais, elles, sont des sirènes olympiques. L'une glisse sur le dos comme si l'eau lui servait de ressort. La cadence de ses bras m'impressionne. Le soleil de mai entre dans la piscine, irradie ses épaules. À l'appel des gardiens, il nous faut quitter le bassin. Le soir, nous le savons, le confinement sera levé. Sous les douches, nous quatre et le silence. La plus jeune des trois le rompt en attrapant sa serviette. « C'était chouette, hein ? Demain le bassin sera plein. » Elle disparaît dans les vestiaires. Le lendemain matin, il faudra faire la queue à l'entrée de la piscine. Nous serons banalement comme les autres nageurs.

13

Le maillot d'Annette

Clea est enfin prête. Elle a des paillettes sur tout le cou, les yeux maquillés, les cheveux tirés en arrière, figés par de la gélatine. Ma fille a revêtu son maillot de gala, noir, bleu et or. Elle rejoint ses amies au bord du bassin : dans leur jargon, « la plage ». Elles sont en position. Bras levés au-dessus de leur chignon, une jambe en avant fléchie au genou, l'autre bien tendue, elles se laissent tomber à la verticale au son d'une musique rock, sans une éclaboussure. Elles ont une quinzaine d'années, ignorent qu'elles doivent tout à Annette Kellerman. Sans cette femme, pas de spectacle, pas de maillot, ni de chignon, ni de compétition. Pas de voilier, flamenco, carpé, pistolet ou tonneau, figures complexes à réaliser, accessibles uniquement à des femmes dont les muscles et le souffle sont autant entraînés à la danse qu'à la natation.

À ses débuts, la natation synchronisée était un sport d'hommes. Souvent pratiquée par des militaires. Nageurs athlétiques, bons plongeurs, ils accomplissaient au XIXe siècle des figures dans les bassins de Londres, New York ou Paris. En tenue de bain, fières moustaches sous le nez, leurs spectacles relevaient plus de la démonstration musculaire et virile que de la natation. Puis vint Annette. Née à Sidney d'une mère pianiste française et d'un père australien en 1886, elle contracte la polio à l'âge de 6 ans. Les muscles de ses jambes sont atrophiés, elle doit porter des attelles en acier rigide de la taille aux chevilles. Elle marche avec des béquilles. Annette est condamnée à une demi-vie.

Ses parents finissent par voir un médecin d'un genre nouveau : il croit aux bienfaits de l'eau. Ni une ni deux, la petite Annette est plongée dans une piscine de Sidney. C'est la révélation : la gamine adore, fonce dans le bassin à la première occasion, nage, nage, nage… Les parents observent, laissent faire, espèrent. Ses muscles s'étirent, se densifient : elle est déclarée guérie de la polio, tirée d'affaire grâce aux longueurs. L'adolescente va consacrer sa vie à l'eau.

À cette époque, Sidney n'est pas encore la plage hédoniste du sud du monde. Bien au contraire. En 1903, la baignade est interdite en plein jour (l'histoire ne dit pas qui allait nager la nuit…) par le pouvoir pudibond australien. Annette veut apprendre toutes les nages. Elle brave un autre interdit, elle apprend l'*overarm stroke*, ancêtre du crawl, une nage d'homme. Dans son pays la nage est encore genrée : les femmes ne peuvent nager que la brasse. À 15 ans, elle en est championne.

L'Australie lui paraît trop timorée, elle embarque sur un navire pour Londres. L'Europe va vite apprendre à la connaître. Dans les journaux, Annette lit que des nageurs vont tenter une course de traversée de la Manche à la nage. Elle a 19 ans, nous sommes en 1905. Elle s'inscrit. Après tout, elle a déjà fait des courses dans la Tamise et la Seine. Plus rien ne l'effraie. Pour traverser la Manche, les hommes nagent nus, ou en maillot. Ils s'enduisent de graisse de phoque ou de saindoux afin de se protéger du froid. Annette, elle, n'a pas cette possibilité. C'est le règlement pour les femmes, elle doit porter une robe de nage. En haut, une sorte de chemisier bouffant. En bas, un pantalon qui lui couvre tout jusqu'aux chevilles. Sur la tête, un bonnet qui ressemble à un bonnet de nuit. On ne doit rien voir de son corps.

Engoncée, elle nage pourtant, et vite. Elle dépasse des hommes, à plusieurs reprises. Mais le froid la gagne. L'eau est à 11° et sa tenue la gêne, la congèle : elle n'a pas de graisse, elle, pour lui protéger le corps et lui permettre de se mouvoir, de se réchauffer en nageant. Après dix heures d'effort, elle abandonne, furieuse mais lucide sur son échec : le problème vient de sa tenue. Dès lors, elle exige de nager « comme les hommes », de porter un maillot près du corps. Refus des autorités.

Bientôt, dans sa chambre londonienne, elle bricole. Elle se fabrique une « tenue » avec des bas : le résultat est une provocation à la décence. Elle nage à Londres, dans un aquarium, devant des membres de la famille royale abasourdis par son justaucorps noir moulant. Elle est couverte du cou aux chevilles, mais on voit tout. Elle alterne les figures en apnée, danse dans l'eau, invente un genre, crée la natation synchronisée. Les photos circulent dans la presse de Paris à New York. Les femmes l'admirent. Les hommes la désirent. Elle a frappé un grand coup. Annette devient Kellerman.

Invitée à se produire aux États-Unis, elle profite de sa tournée pour piquer une tête dans l'océan, près de Boston. Elle a encore raccourci sa tenue, coupée au-dessus des genoux et des coudes. À sa sortie de l'eau, elle est arrêtée par la police pour outrage aux bonnes mœurs. Annette Kellerman ne se démonte pas, passe au tribunal. La décision fera jurisprudence : le juge estime que sa tenue est nécessaire pour pratiquer son sport (mais qu'elle doit revêtir une robe avant d'aller dans l'eau). Le « Kellerman » est né. C'est ni plus ni moins le maillot « une pièce » que porteront toutes les nageuses du monde jusqu'à l'invention du bikini. Prévoyante, Annette lance sa marque de maillots de bain : on va se les arracher. Elle fascine jusqu'à la prestigieuse université de Harvard, où un grand savant calcule et déclare qu'elle est la « femme parfaite », la seule depuis la Vénus de Milo.

Annette Kellerman garde la tête froide, comme l'eau de mer, écume les bassins, invente des figures. Et intéresse Hollywood. Elle est filmée sous l'eau, hors de l'eau, nageant, dansant. Nos élégants militaires moustachus et musculeux ont été relégués aux archives de la natation, dépassés par cette courageuse sirène. Mais elle n'en a pas fini avec la révolution. À Los Angeles, un film lui est consacré : *Daughter of the Gods*. La fille des dieux y apparaît, pour la première fois dans l'histoire du cinéma, entièrement nue. Ses longs cheveux noirs cachent au spectateur la partie la plus osée de son intimité, mais c'est fait, elle est nue ! Après la sortie du film, Kellerman verra, amusée, les maillots raccourcir. Elle repartira en Australie, nager en maillot dans l'océan Pacifique, écrire des livres sur le bien-être et la santé, et mourra en 1975 à 89 ans, modeste, élégante jusqu'au dernier jour.

Elle a inventé le ballet aquatique, qui devient la natation synchronisée dans les années 50, mais demeurera relégué à la démonstration. Annette Kellerman ne verra pas le sport qu'elle a créé s'imposer discipline olympique en 1984, aux Jeux de Los Angeles.

14

La mer à la guerre

Fin mars 2002, la « seconde Intifada » a éclaté en Israël et dans les Territoires palestiniens. Des bombes explosent dans les bus et les boîtes de nuit israéliennes ; des chars encerclent les grandes villes palestiniennes et tirent au canon. C'est la guerre. Je connais déjà un peu la région, mais pas toutes ses contradictions. L'armée israélienne a placé ses barrages partout. Un attentat tue 30 Israéliens dans un hôtel de Tel Aviv. Les services de renseignements soupçonnent les cellules terroristes du camp de réfugiés de Jénine. Un dédale de ruelles, d'écoles, de postes de santé et de câbles électriques tendus d'un balcon à un autre. L'étau militaire se resserre. Une partie de la population fuit, l'assaut est imminent. Avec quelques confrères, nous tentons d'entrer. Impossible, les check-points de l'armée sont infranchissables. Nous restons sur des collines surplombant le camp. En poussant le regard très loin, de l'autre côté des maisons palestiniennes, la mer scintille. On la distingue plus qu'on ne la voit. La mer n'a rien à faire ici.

L'assaut du camp dure trois jours, l'armée israélienne rencontre une résistance acharnée. Des dizaines de combattants palestiniens meurent. Les chars entrent, suivis de bulldozers. En représailles, Israël rase un quartier, dans son intégralité. Nous découvrons à l'aube une zone aplatie, rasée, tassée, encore arrosée de tirs sporadiques. Ne reste de la place Hawashin que des plaques de béton, de la cendre, quelques habitants hagards cherchant les disparus dans les décombres. L'air est chargé de poussière de ciment. Nous marchons dans les gravats, interrogeons les témoins. Je n'ai jamais rien vu de comparable. Je suis interloqué, et raconte ce que je vois autour de moi à la radio. Après des heures de reportage, je cherche à sortir de cet amas minéral et mortifère. Tout à coup, des tirs, dans ma direction. Les balles éventrent le goudron à quelques mètres. Je me jette sur le bord de la route, et j'attends. Ça passe. Je réussis à grimper sur la position. J'ai eu peur. Un confrère plus âgé me propose de me ramener en voiture à Jérusalem.

« On va aller voir la mer », dit-il. La phrase est étrange, dissonante. Il démarre, ce n'est pas une proposition, c'est une décision. La mer ne m'a jamais paru aussi inaccessible. Le confrère n'est pas bavard, il pilote très vite sa Golf blanche de location. Régulièrement, nous sommes arrêtés aux barrages de l'armée, il ralentit, baisse la vitre :

« *Where do you come from ?*

— *Jenine.*

— *Where do you go ?*

— *Beach.* »

Les jeunes soldats jettent un œil à ma tenue, poussiéreuse, trempée de sueur. La route défile dans les collines, entre oliviers et colonies de peuplement. De gros hélicoptères survolent la Cisjordanie. Le soleil tape et écrase les distances. Une demi-heure après avoir quitté Jénine, le conflit disparaît dans le rétroviseur. Une côte avalée, à fond de quatrième, et soudain, la mer.

Une immensité bleutée alanguie derrière les barres d'immeubles de Tel Aviv, scintillante dans la verticalité du soleil. La brume de chaleur déforme les lignes, trouble la vision. Le confrère coupe le moteur. Silence. Seules s'élèvent les stridulations des grillons et la brise dans les feuilles des oliviers. Les tirs d'armes sont loin. L'air est chaud, humide, j'avance difficilement dans le sable avec mes grosses chaussures en cuir. Dans mon pantalon en tissu lourd, ma chemise sale et trop épaisse, je prends conscience de mon incongruité.

En suspension entre deux mondes. Entre l'horreur et le plaisir. Entre la fureur et le sable. Une heure et demie plus tôt, je témoignais de trois journées d'enfer et de combats acharnés dans un camp de réfugiés entre de jeunes soldats et combattants. Ai-je le droit d'être ici maintenant ? Mon confrère, tranquillement, enlève ses boots et marche pieds nus dans le sable. Il sent mon trouble. « Détends-toi. » La plage est inondée de bars et de restaurants. Nous nous asseyons à la terrasse du premier, sur des chaises basses en plastique, les jambes étendues dans le sable. Les enceintes crachent une musique techno vaguement brésilienne, les serveurs portent aux clients des cocktails colorés avec des pailles. La mer nous défie, à 50 mètres à peine. Je la regarde, de biais, timidement. J'ai peur de la dévisager.

Nous commandons des bières, palestiniennes, de la Taibeh brassée à Ramallah. Elle est glacée et chasse la sécheresse de la peur. Mon confrère n'a pas réussi à entrer dans le camp de Jénine. Il a passé trois jours et trois nuits à photographier de loin à travers ses téléobjectifs explosions, silhouettes à l'aube, ballet des hélicoptères et des tanks et pelleteuses, dans les nuages de poussière. Alors il m'interroge : « Tu as vu quoi, tu penses quoi, c'était un massacre ou pas ? » J'ai vu des gravats et des gens en larmes. J'ai vu la sidération. Mais je n'arrive pas à raconter ça, ici dans le sable. Je bredouille, il croit que je ne veux pas lui dire ce que j'ai vu, que je tiens trop à « mon histoire ». À vol d'oiseau, le camp détruit est à 66 kilomètres. Ici, on joue au volley.

Les filles portent des strings. Je suis hypnotisé par leur beauté, la sensualité de corps bronzé et musclé. Quand la balle tombe à l'eau, elles s'élancent dans l'écume pour la récupérer, en profitent pour rincer le sable collé à la sueur des cuisses et des mollets. Les hommes ont la même insouciance, corps taillé à la serpe. Tout semble léger. Ces corps, à quoi ressemblent-ils en uniforme, mitraillette en bandoulière ? Est-il possible que ce soit les mêmes ? Rire et séduire un jour, tuer le lendemain.

J'enlève mes chaussures, et glisse mes pieds dans le sable chaud. La plage se remplit, de maillots, d'ivresse, de rires et de musique. Au bar, il est question du temps, de la plage, des prix des verres. Jamais de la guerre. Les Israéliens appellent Tel Aviv « la bulle ».

La mer est l'épicentre. Insolente, elle vient lécher nos orteils. Elle caresse la ville, aimante les regards, attire les corps. La ville tourne le dos à la guerre. Sertie d'une frontière invisible, elle est entièrement braquée vers la Méditerranée. Ici, la guerre s'arrête au bord de la mer. Je me lève, et enlève ma chemise. Puis mon pantalon. Je n'ai pas de maillot, mais personne ne sera choqué par mon caleçon. La mer est calme, de petites vagues irisent sa surface. Je ne me retourne pas. Entrer dans l'eau, ne plus penser à Jénine. Nager. « Le vent se lève ! Il faut tenter de vivre », écrivait quelqu'un.

15

Je glisse

Les rares compétitions auxquelles j'ai participé adolescent m'ont laissé un goût de chlore trop amer. Et certainement une peur de l'échec. J'ai toujours nagé en amateur, jamais dans un club. Ma fréquentation des bassins peut être qualifiée de régulière et plaisante. Beaucoup de longueurs, souvent tôt le matin. La piscine n'était pour moi qu'une attente de la mer, une répétition avant la vraie nage, un placebo. L'eau devait avoir le goût du sel. Elle devait pincer quand elle était froide, envelopper quand elle était chaude. L'eau était un choix, une heure de la journée, une nage parfois un peu sportive, sans un nombre de longueurs prémédité. Sans performance, et peu ou prou sans technique.

Et c'est arrivé comme ça. Un jour d'hiver dans une brasserie de Montparnasse, une amie me confie qu'elle va nager en face de son bureau, à des horaires souples, plusieurs fois par semaine.

Depuis des mois, je cherche un bassin sans entrain pour soulager mon dos douloureux. La piscine où je nage régulièrement est fermée, à cause de sa verrière tellement historique qu'elle tombe dans l'eau. Alors, cette amie me donne un numéro de téléphone comme on glisse un secret. « N'en parle pas trop, s'il te plaît. »

La piscine est localisée dans un lycée parisien, j'ignore son existence. Quelques heures plus tard, je compose le numéro, une dame me répond que, malheureusement, le bassin est réservé à quelques entreprises, pour leurs employés. Et je ne figure au registre d'aucune de ces entreprises. Je remercie, regrette, comprends… Alors que je m'apprête à raccrocher, la dame dit : « Mais vous nagez bien ? » Je bredouille un : « Oui, pas mal, mais enfin pas non plus un champion, vous voyez, je sais nager. » Elle coupe : « Vous savez nager les 4 nages, chronométrées ou pas ? » Je m'entends dire « oui » alors que c'est faux. Je mens mais c'est trop tard. Je sais nager « les 4 nages », papillon-dos-brasse-crawl, mais, soyons honnête, mon dos est laborieux, ma brasse simple, mon crawl inélégant, et je m'étouffe au papillon en deux longueurs. « Je vous demande cela parce que j'ai peut-être une place dans l'équipe de compétition du lycée, enfin si vous passez le test. Vous pourriez venir lundi à 20 heures ? » Sans doute attendrie par mon silence, la dame m'explique qu'il s'agit juste d'un test et qu'à mon âge, de toute façon, je ne ferai pas les compétitions comme les jeunes, mais que je peux suivre les mêmes entraînements et, si je le souhaite, m'inscrire à des compétitions de ma catégorie… Je respire, un pincement de désir me pousse à émettre un sobre : « OK, je serai là. »

Lundi, quelques minutes avant 20 heures. Je descends les escaliers qui mènent à la piscine de ce lycée. J'ai la trouille. Encore une volée d'escaliers. C'est un abri nucléaire déguisé en piscine. Je me déchausse et entre dans le couloir des cabines. Il fait une chaleur étouffante. Derrière les portes, des jeunes discutent entre eux. Se connaissent, blaguent, se charrient. Je me déshabille dans une cabine exiguë, en contreplaqué jaune brillant. Maillot, bonnet, lunettes. Je suis prêt. À nu, ou presque. Dans les douches, je croise les premiers regards, les premiers « bonjour » polis, les adolescents bâtis comme des montagnes de muscle défilent. De toutes les tailles, de 15 à 25 ans. Des épaules de compétition, des abdominaux de magazine, pas un pli de graisse. J'ai l'impression d'avoir 100 ans, je voudrais rester sous la douche pour toujours. Je remarque enfin un « vieux », de mon âge. Souriant, athlétique : « Vous venez passer un test ? Ça va aller. » Il s'appelle Marc, je ne le lâche plus.

Pédiluve puis bassin. 25 mètres, 8 lignes de nage. J'essaie de me concentrer, je remarque à peine la grande fresque sur le mur du fond. Elle est pourtant gigantesque, élégante, bleu et vert. Une marine déstructurée. J'avise la seule personne en tee-shirt, short et claquettes : l'entraîneur. Il me tend une main chaleureuse et m'adresse un sourire franc : « Salut, on va voir ce que tu sais faire. » Stéphane a la trentaine, fin, immense et très musclé. C'est le boss du bassin. Une femme, un peu plus jeune que moi, maillot rouge vif, élégante et élancée, se trouve déjà dans l'eau. Crawl rapide, mouvements précis. « Anaïs, ne pars pas trop vite, et attends mes instructions. » Elle me regarde des pieds à la tête. Tiens, un nouveau. J'ai la trouille.

L'échauffement est une indication : 800 mètres en alternant les différentes nages. J'essaie de m'aligner derrière Marc. J'ai lu qu'en se mettant dans le sillage d'un nageur plus rapide on pouvait être aspiré et produire moins d'effort, comme à vélo. Alors je suis Marc. C'est faux, je ne suis pas aspiré. J'admets que le stratagème motive, et même aide un peu, mais nous sommes loin de l'aspiration. Il enchaîne les indications au tableau. Ça va vite. 200 mètres dos, 200 crawl, 200 brasse, 200 jambes. Sur les jambes, je cale. Les cuisses lâchent au premier aller, mais je parviens à maquiller ma lenteur.

Après une courte pause, Stéphane nous propose de « commencer » l'entraînement. Il me fait un clin d'œil, sous-entendu « pas de panique ». Trop tard, je suis déjà paniqué. « On va faire 20 fois 50, aller rapide, retour normal sur les 10 premiers 50. Puis aller sprint, retour en amplitude, sur les 10 suivants. En crawl, récupération 10 secondes. » Sprint, je comprends. Normal aussi. Amplitude ? Marc voit mon trouble. « Ça veut juste dire plus lentement, en allongeant au maximum tes mouvements. » Au cinquième virage, je sens un échauffement anormal de mon corps. Une fièvre aquatique. Les bras me font mal, le dos me tire, les épaules hurlent. Au septième, je n'arrive plus à reprendre mon souffle lors de la « récupération » de 10 secondes. Il me faudrait 10 fois la durée pour retrouver une respiration normale. Mais il faut enchaîner en dos, puis en crawl avec palmes. Puis avec des plaquettes aux mains et le pull-boy entre les jambes, pour les bloquer. Chaque 25 mètres est une torture. On appelle ça « fairc des séries ».

Fini les longueurs en comptant tranquillement les virages, en regardant les carreaux au fond du bassin, perdu dans une douce hypnose contemplative. Ce n'est pas de la nage, c'est de la natation. Je ne vois plus ni carreaux, ni lignes en plastique auxquelles je me cogne. Je vois trouble. En dos, je ne vois pas le plafond, il m'écrase. Je cherche de l'air, tente de calmer les battements de mon cœur. J'évite de regarder dans la ligne voisine où mes jeunes camarades défient les lois de la gravité aquatique. En poussant l'eau avec leurs paumes, ils propulsent la moitié de leur corps dans l'air pour mieux battre le liquide et augmenter leur vitesse. Même la brasse devient un sport de combat. Leur tête sort à toute vitesse, avant de replonger comme un boulet, front en avant, fendant la surface. Je m'arrête. Je m'accroche au bord et baisse le regard, de peur de croiser celui de l'entraîneur. Il ne dit rien. Pendant cinq minutes, j'envie les autres, leur puissance et leur grâce mêlées. Puis, je tente un retour, histoire de finir la séance en nageant. C'est une série de dos. Je fais illusion mais ne parviens pas à pousser suffisamment pour garder l'allure.

Je sors de l'eau piteux. Stéphane vient me voir, j'attends le couperet. « Tu as de la caisse, ça va aller, tu restes avec nous ? » Je comprendrai plus tard ce que signifie « la caisse », la combinaison d'une certaine largeur d'épaules, d'un bon souffle et d'une capacité à enchaîner les séries. Il a décidé que je ferai l'affaire. « À mercredi, bonne soirée. »

Je suis revenu le mercredi, puis le samedi, à 9 h 15. De semaines en semaines, j'ai été plus attentif sur ma consommation d'alcool et de cigarillos le vendredi soir. J'ai voulu ne pas me faire honte, ne pas leur faire honte. Je me suis accroché. Les gamins ont souri, j'ai souri aussi. Je suis resté un peu plus longtemps sous la douche de sortie du bassin. Participé aux discussions sur l'entraînement. Marc m'a encouragé : « Moi aussi j'ai beaucoup souffert la première saison, mais tu vas y arriver. » J'ai commencé à regarder la piscine, son allure de bunker, sa profondeur au pied des plots, plus de 3 mètres, la fosse pour l'entraînement des plongeurs, et les carreaux du fond, bleu nuit et bleu clair, parfaitement alignés sur les lignes peintes au plafond : pour se repérer facilement quand on nage sur le dos. Un œil en bas, un œil en haut, je sais où je suis, je garde mon cap. À chaque séance, je gagne des repères et du souffle, mes muscles s'alourdissent. Le plaisir prend le pas sur la douleur.

Régulièrement, avant les compétitions du samedi, Stéphane propose 15 minutes à la fin pour enchaîner les « chronos ». Il faut se mesurer, connaître ses forces et son temps. Se faire peur, se faire plaisir. Il ne m'oblige à rien, me laisse continuer à m'entraîner seul, sur le côté, pendant que les autres enquillent les 50, les 100, les 200, les 100 quatre nages, les 200 quatre nages, et commentent leurs temps. J'observe. J'essaie d'avoir un papillon correct sur 50 mètres, c'est bien suffisant pour mon amour-propre. En quelques mois, je progresse, et suis moins étouffé à la fin des séries. Pour nager vite, il faut une technique irréprochable. Une économie de gestes alliée à une cadence rapide. L'entraîneur corrige nos défauts, « tes mains, Lucas, plus loin, tu dois les jeter plus loin ». La poussée sur le mur après le virage, les ondulations, la coulée : chaque geste compte, la natation se découpe en une multitude de mouvements précis et séquencés. À regarder les bons nageurs, Marc ou Anaïs, j'admire leur élégance, la fameuse « glisse ». Le graal. Un nageur doit glisser, réduire les frottements entre son corps et l'eau, utiliser le liquide pour prendre des appuis invisibles. Tout paraît naturel alors que rien ne l'est. Nager vite n'est pas humain, chaque centimètre de corps freine la progression. Il faut apprendre à se diluer.

C'est un soir de semaine. Ça ne rigole pas. Samedi, les jeunes ont une compétition importante. Toute l'équipe se met au diapason, il faut enchaîner des séries rapides. Ils ont besoin de confiance, de technique et de muscles. Chacun travaille sa « spé », la nage sur laquelle il est le plus rapide. Fin de l'échauffement, Stéphane nous fait tous sortir de l'eau. Même moi? « Oui, toi aussi. » Hors de l'eau, il fait un peu froid. Il sort son sifflet et son chrono. On va faire « des temps ». Je regarde les bons nageurs caler leurs petites lunettes, conçues sans le caoutchouc qui protège le tour de l'œil, pour justement bien coller et ne pas risquer de glisser au plongeon. J'ajuste au mieux les miennes. On monte sur les plots. Les doigts du pied propulseur sont crispés au bord du revêtement antidérapant. Premier coup de sifflet: jambes pliées, corps tendu à l'extrême, tête dans les épaules, deux mains sur le rebord du plot. Le second sifflet claque. Propulsion longue et forte, corps en torpille, l'entrée dans l'eau doit être propre, sans éclaboussures ou presque, puis longue ondulation, le plus loin possible du mur. En sortant, il faut tout donner. Parfois ne pas respirer, ou si peu. Je ne cherche même pas à voir la jeune nageuse partie dans la ligne mitoyenne, je ne verrai que son sillage déjà loin. Je ne pense à rien, je me bats contre l'eau. Je ne vois ni carreaux bleus ni bouées rouges, je sens la douleur gagner mes bras et mes épaules et je lutte. 100 mètres. Une petite éternité. Je touche le dernier mur, je n'écoute même pas mon temps. Je distingue dans la buée de mes lunettes le corps de Stéphane qui pose un genou au-dessus de ma tête pour s'adresser à moi : « Lucas, tu glisses. »

16

Quand tu sauras lire et nager

Au loin le Vésuve émerge dans la brume. Sur la terrasse de l'hôtel, le visage des gens heureux. Ils ont dansé toute la nuit à Sorrente. Le marié a dénoué sa cravate. Il sourit à sa femme en robe blanche assise dans un fauteuil d'osier. Elle regarde la lumière embrasser sa nouvelle vie. La musique s'estompe au moment du premier souffle de chaleur. Le soleil se lève aussi sur la baie de Naples. Capri émerge à main gauche. Début de l'été : juin et ses promesses… Le premier ferry Naples-Palerme du matin vient de quitter son quai. Il trace une ligne blanche dans le bleu de la baie. La noce est finie, la vue grandiose. La mer impose le silence.

Est-ce la fatigue ou une tentation lyrique ? Mais je vois des sirènes. Celles qu'Ulysse rencontre dans cette baie, au chant XII de l'*Odyssée* : « D'abord tu croiseras les sirènes, qui ensorcellent tous les hommes, quiconque arrive en leurs parages. » Je ressens l'appel de cette mer mythologique pour me purifier. Depuis la terrasse descendre les marches de la falaise. Impression de voir l'Antiquité émerger à la surface de l'eau: Étrusques, Grecs, Romains, se sont baignés au pied de ces rochers. Le long de la côte, dieux, philosophes, marchands, empereurs et généraux ont respiré le parfum de la mer à l'aube. Résonne la phrase de Paul Morand: « La Méditerranée, piscine des dieux. »

Entrer dans l'eau, sentir la fraîcheur envelopper son corps. Quelques brasses et le bleu devient turquoise. Enfin, la fatigue d'une nuit heureuse se dissout. Regarder au large, la seule sirène est celle lointaine d'un bateau sur le point d'appareiller. La colonne de l'Histoire s'impose à mon esprit. Les Grecs ont dominé la mer, les Romains donné naissance à la nage et dompté l'eau, mis fin à des siècles de peur: jusque-là, les flots appartenaient aux dieux, aux batailles, aux mythes. Les Grecs respectaient la mer, mais la redoutaient. Rome veut l'aimer, l'apprivoiser, l'urbaniser. Elle va rester, bien sûr, un territoire du large, de conquêtes. Mais par temps calme, pourquoi ne pas descendre des navires, imaginer des plages, se prélasser?

À Rome, on lit Athènes. Les médecins grecs n'ont-ils pas vanté les mérites de l'eau, sa capacité à panser les plaies du corps et de l'âme? Les meilleurs médecins sont appelés au plus près du pouvoir. Galien quitte Pergame pour Rome et soigner Marc Aurèle. Dans l'eau salée, il puise l'antidote aux maux dont souffre l'empereur. Dans chaque quartier de Rome, puis de l'Empire, des bains fleurissent. Pas moins de 856 à Rome seulement à la fin du IVe siècle. Pour quelques pièces, chaque citoyen peut, et même doit, se laver, se baigner, passer des eaux chaudes aux tièdes puis froides, se récurer, se faire épiler, masser, soigner. Le matin pour les femmes, l'après-midi et le soir pour les hommes. À Rome, les aqueducs apportent chaque jour jusqu'à 900 millions de litres d'eau. Envoyés conquérir les terres et faire tomber les têtes de l'Asie Mineure à l'Europe du Nord, les généraux font construire leurs thermes aussi vite que leurs garnisons. Partout, l'eau est domptée. Rome, empire liquide, dont les canalisations transportent la civilisation, l'hygiène et la passion de l'eau. On se bat mais on se baigne. Rome invente la natation pour tous et les familles doivent apprendre à nager à leurs enfants. Selon Platon : « Un homme qui ne sait pas lire, écrire et nager, est un homme mal éduqué. » On fait venir du liège. C'est l'invention de la planche et de la bouée : une simple ceinture flottante de liège. Ulysse le Grec nageait de toutes ses forces pour échapper aux naufrages ?

À Rome, on nage pour être un homme. « L'heure viendra, mon enfant, où, ton corps s'étant formé et ton esprit s'étant mûri, tu nageras, sans liège, en pleine eau », écrit Horace. Le long des côtes, on construit des villas toujours plus vastes. Les bassins de poissons et les piscines de baigneurs rivalisent de style et d'élégance. Ce sont les premières piscines « à débordement » : regarder la mer depuis son propre océan personnel et protégé, depuis son *otium* aquatique. Les bienfaits plongent parfois dans l'obscénité. Piscines d'orgies, de faste et de débauches. Prostitués, hommes et femmes, sont conviés à nager nus quand le spectacle de la mer seule ne suffit plus à calmer les ardeurs. Caligula ne règne guère longtemps, assassiné à 29 ans, sa cruauté envers ses proches lui ayant été fatale. Suétone le cloue au pilori de l'histoire romaine d'une phrase : « Cet homme, qui apprenait si aisément tant de choses, ne savait pas nager ! »

Plus tard dans la journée, le soleil frappe fort. Le jeune couple descend les marches pour un bain nuptial. La mer chasse les langueurs, noie la nostalgie des lendemains de fête. Hormis les parasols et les chaises longues, presque rien n'a changé depuis l'Antiquité. Des mosaïques du IIIe siècle, découvertes dans le sud de la Sicile, dépeignent des scènes de la vie de la villa du Casale. Sur l'une d'elles, six jeunes femmes jouent au bord de l'eau. L'une lance un ballon, l'autre s'amuse avec des haltères, une troisième court en riant pour échapper à une poursuivante. Toutes portent un maillot deux-pièces, très élégant, rouge ou bleu. La mosaïque capture un instant de bonheur maritime. Dix-sept siècles plus tard, dans la même mer, je brasse avec douceur afin de ne pas réveiller les sirènes et les dieux, regarde les amies des mariés plonger dans le bleu. Même élégance, même grâce, même bonheur de la nage. L'*aqua* romaine est une félicité qui prolonge les histoires d'amour.

17

La Dune

Il faut rouler jusqu'au bout d'un village sans charme des Landes. Tout au bout. Au front de mer, sur le parking, prendre à droite. Puis, immédiatement à gauche, un chemin que rien n'indique sauf un panneau « cul-de-sac ». S'arrêter pour passer la première, la pente est raide. Le bitume disparaît sous une couche de sable. Les pneus patinent. 60 mètres de montée. Et l'arrivée sur le haut de la Dune, le bout du monde. À droite encore, la piste longe huit maisons de bois alignées face à l'océan. Arrivé à la dernière, garer l'auto. Le mieux : débarquer le soir tard ou le matin à l'aube. L'océan rugit. Pas un ressac. Un grondement permanent, une onde sonore, grave et forte. Le bruit de l'immensité. Marcher dans le sable, laisser la maison sur la gauche, s'asseoir sur un petit banc de bois en haut de la dune. Il est à moitié enterré dans le sable qui le recouvre d'année en année. Le bois gratte un peu, il a des échardes à force d'être battu par le vent et la pluie d'hiver.

À gauche, au loin, les pointes des Pyrénées se jettent dans l'eau. À droite, la course lente et longue de la bande de sable. Par beau temps, on voit si loin, à plusieurs dizaines de kilomètres. On lève prudemment le regard. Face à soi, le bleu marine de l'Atlantique, l'étendue infinie. Pas un rocher, pas une île, ni un banc de sable. L'océan dans sa solitude. La houle lui donne une respiration, fait battre le cœur de ses profondeurs. Descendre les yeux sur la plage en contrebas. Suivre au loin la formation d'une vague, sa ligne. Observer son épine dorsale monter, descendre, remonter. Une ligne d'écume blanche apparaît, la vague est sur le point de briser. Soudain elle se casse, dans un brame animal, et répand son sang sur le sable. Mouvement pendulaire éternel. Le temps mesuré n'a plus cours. Il faut enlever les montres, ranger les téléphones, se défaire et ne plus bouger. C'est le temps de la Dune. En majuscule. Il convient de lui appartenir.

Louise et Amélie sont deux sœurs très généreuses. Je les connais depuis mon adolescence, comme leurs cousins Benjamin et Hadrien. Chaque fin août, ils invitent anciens et nouveaux amis dans la « maison de la Dune », un carré posé sur le sable. Une semaine suspendue dans les airs et le temps. Sur la Dune, les maisons sont presque toutes identiques, construites au début du XXe siècle par les premières grandes familles landaises attirées par les bienfaits de la mer. Toute construction est interdite depuis, sous peine d'effondrement. Les maisons ne sont ouvertes que quatre mois par an, le reste du temps de hautes barricades en bois enferment les maisons, pour les protéger du sable, du vent, du sel.

L'intérieur est simple, ouvert à l'ouest sur l'océan : de grandes portes-fenêtres en bois, peintes en rouge foncé très « basque », donnent sur des galeries de chaque côté de la maison. Vent du sud, on dîne au nord. Vent d'est, à l'ouest, et ainsi de suite. Les terrasses sont surmontées d'un auvent, protection idéale pour prendre un verre dehors, même sous la pluie. Pièces vastes en bas, nombreuses chambres à l'étage, vieux parquet grisé et patiné par plus d'une centaine d'étés joyeux, et une fine couche de sable qui crisse sous la plante des pieds. On y vit pieds nus, sauf pour le ravitaillement au village, et encore.

Le temps s'étire, indifférent à la marche du monde : tout commence et se termine par l'observation du ciel et de l'océan. Sur la Dune, on est comme en avion, en hauteur. On n'est pas encombré par les contingences de la plage en contrebas. Pas besoin d'aller chercher une place où poser une serviette sur la plage : le sable est à nos pieds. De galerie en galerie, en suivant la course du soleil, les convives errent, un livre à la main, un café ou un apéritif dans l'autre, se posent sur un fauteuil en rotin et observent. Toute lecture est interrompue par la mer. Difficile de tenir plus de quelques pages. Il faut vérifier l'horizon, les rides se formant, la hauteur des vagues. « Elle monte, non? » On pose son livre, on se lève, on avance au bout de la Dune et on regarde. La question n'appelle aucune réponse. Le spectacle suffit, explosion visuelle et auditive permanente. Parfois, on descend à la plage pour se tremper dans les vagues. Nager ici est une chimère. La puissance des vagues est trop intense. On se contente de jouer, de se jeter sous la vague, de se laisser rouler.

À l'été 2015, ma sœur aînée est morte soudainement. Elle s'appelait Judith. C'était une femme merveilleuse. Ce 7 août, une partie de ma vie s'effondre. Nous étions alors en Bretagne. Les jours suivant les obsèques restent nimbés dans le brouillard de mes larmes et les cris de nos sanglots. Je me souviens avoir essayé de nager. Mais je n'y arrivais plus. La mer m'était hostile, froide, repoussante, insupportable. Même le paysage familier me devenait hostile. Il fallait partir, être en mouvement. Les amis de la Dune ont fait bloc et m'ont accueilli. Ils ont accepté mon silence et continué à vivre, avec l'élégance et la discrète tendresse des grands amis.

Dès le premier matin, un peu avant le lever du soleil, je me suis assis alors sur le banc pour regarder les premiers rayons. J'ai descendu les marches en bois posées de guingois dans la Dune, irrégulières et encore humides de la rosée. Tous les matins de ce séjour, je marchais loin et longtemps, en larmes, le long de l'océan. Arrivé à l'extrémité d'une courbe, entre deux villages éloignés de plusieurs kilomètres, j'étais seul et certain de le rester. Ce jour-là, je me suis allongé dans le sable. Le soleil se levait sur une autre journée sans ma « grande sœur ». Le fracas des vagues confortait mon désir de violence, de colère. Mes cris. Ici, personne ne m'entendait. Et je n'entendais que la mer. Son grondement sourd et régulier faisait écho au mien, celui de mon cœur en morceaux. Puis j'ai avancé dans l'eau, doucement d'abord. La mer m'a pris par les mollets, m'a arraché les pieds du sable, m'a déséquilibré. On n'entre pas dans cet océan : il vous accepte ou vous rejette, sans pitié ni douceur. Il faut se battre contre lui. Mon combat matinal était vain, je le savais à la fois perdu et nécessaire. L'océan acceptait mes cris et mes coups. Ma violence, je la défoulais contre lui. Il me cognait en retour : des grandes baffes de flotte, de l'écume pour m'étouffer, du courant pour me perdre, des vagues pour me rouler et me coucher. Je ressentais la nécessité de cette confrontation. À bout de souffle, je me suis allongé sur le sable. Calmé pour la journée. La régularité du grondement de l'adversaire comme une main apaisante. Je suis revenu vers la maison. Les pêcheurs installaient leurs cannes dans le sable, les maîtres-nageurs leurs guérites, les plus matinaux des vacanciers posaient leurs serviettes et tentes de plage. Arrivé au pied de la maison, j'ai vu les volets s'ouvrir. Les silhouettes des amis, prêts à entamer leur journée d'errance. En grimpant lentement les marches de la Dune, j'ai aperçu ma fille, installée sur le banc de bois, une tasse de chocolat chaud à la main, ses boucles dans le vent, son sourire rassurant et ses yeux braqués depuis de longues minutes dans ma direction.

Sur la Dune, les heures passaient, les jours défilaient. Le seul repère temporel était le coucher du soleil. Attirés par la lumière dorée et le tintement des glaçons dans les verres à apéritif, les amis reformaient le clan. On avait posé les livres et mis une chemise, un pull-over parfois. La plage en contrebas était déserte. Avec un peu de chance, un groupe de dauphins jouait dans les vagues. Le soleil descendait plus lentement que les bouteilles. Parcourait les derniers mètres de sa chute à pleine vitesse, passant du jaune à l'orange et au rouge, irradiant la surface de l'océan. Certains prétendaient voir le rayon vert. C'était la nuit océanique. Bientôt, un nouveau matin. Le soleil n'était pas mort.

18

Baignade dans le Xingu

Il me suffit de fermer les yeux pour retrouver cette odeur. C'est un mélange : l'eau bien sûr, mais aussi les arbres, la terre, le bois. Puis viennent les sons : bribes de discussions, cris d'enfants, bruit du linge frotté au savon dans l'eau, chants d'oiseaux, craquement des branches. Enfin affleure la vision. Une berge, un bras de fleuve, le vert et le bronze à perte de vue, le ciel chargé de lourds nuages, une ou deux pirogues. Les parents et les enfants dans l'eau, se lavent, discutent. Mes parents, mes sœurs. Au milieu des Indiens.

C'est l'été 1980 et nous sommes en Amazonie. Le fleuve s'appelle le Xingu, un affluent de l'Amazone. Nous passons l'été « chez les Indiens », comme dit mon père. Il est ethnologue et a consacré sa vie à l'étude d'une tribu de cette région, les Ikpeng. Il les a rencontrés pour la première fois avec ma mère en 1968. À cette époque, le village compte autour de 200 personnes, mon père y séjourne de longs mois chaque année. Cette année-là, nous faisons le voyage en famille. De Rio de Janeiro, il faut plusieurs jours de trajet, sans doute un peu pénibles mais je n'ai gardé que les souvenirs émerveillés.

Le fleuve, pendant toute une journée et toute une nuit, dans une pirogue à moteur pilotée par un Indien souriant et silencieux. La chaleur étouffante atténuée par la fraîcheur du fleuve. Des deux côtés, la forêt, ses bruits effrayants, les oiseaux dérangés par le moteur du bateau qui s'envolent dans un fracas de feuilles et d'ailes. À chaque courbe, on croit découvrir un paysage nouveau, mais c'est encore le fleuve et la forêt. Pour les Indiens, pas un arbre ne ressemble à un autre : la rivière est un livre qui se lit. Les signes sont permanents, essentiels à la sécurité et la navigation. Pour l'enfant, tout est identique : nous avançons dans l'infini. Le Xingu est large, puissant, parsemé de bancs de sable blanc, d'îles et d'îlots. Dans un demi-sommeil, Pauline laisse traîner sa main dans l'eau pour se rafraîchir. L'Indien lui prend le bras et la remonte délicatement. On ne sait jamais, il y a des piranhas. Nous arrivons dans le village. Émotion des Indiens qui retrouvent mes parents et Judith qu'ils connaissent déjà. Pour Pauline et moi, c'est la première fois. Je n'ai pas de souvenir précis de cette rencontre, j'imagine un mélange de peur et de fascination. Et déjà cette odeur envoûtante. Partout, de petits feux, pour cuire le poisson et le manioc, et parce qu'il y a toujours un feu, même quand il fait chaud. Le feu chasse les animaux. On installe les hamacs autour de lui, on parle au-dessus de ses flammes, on raconte la journée, la pêche, et les mythes.

Le village est un peu en retrait du fleuve, à quelques centaines de mètres de la rive, pour être invisible depuis un bateau de passage. Cet été-là, je ne sais pas encore nager correctement, mais la rivière sera au cœur de mes vacances. Plusieurs fois par jour, je pars avec les Indiens de mon âge sur le sentier de terre rouge, entre les plantations de manioc et de bananes, pour aller me baigner. La grève est dans un petit coude, à l'écart du lit principal. Une baignade protégée en quelque sorte. Même quand nous pensons être seuls, entre enfants, un adulte veille dans les parages.

Chez les Ikpeng, la vie tourne autour du fleuve. C'est d'abord une ressource, on y pêche, au filet, à l'arc ou à l'hameçon, pour nourrir la famille. La beauté du geste de l'Indien. Debout à la proue de sa pirogue, grand arc bandé entre les bras. Son immense flèche prête à partir, un coup sec et invisible, elle se plante dans un poisson, juste sous la surface de l'eau. Le fleuve est aussi le lieu du bain. Les Ikpeng sont d'une propreté méticuleuse. En famille, en couple, ou seul, on s'immerge dans un recoin de la rivière pour se frictionner, se laver les cheveux, rituel de détente et de soin : les femmes lissent leurs interminables chevelures noires avant de les peigner pendant de longues minutes. Les adultes lavent les enfants, les adolescents s'éclaboussent en gloussant, tout est prétexte aux blagues, rigolades et commentaires. La rivière, c'est l'agora ikpeng. Pour moi, c'est surtout la fraîcheur, les jeux, la joie. Je passe des heures dans l'eau, les pieds dans le sable noir et vaseux, à faire semblant de nager, à grimper sur une vieille pirogue laissée à dessein aux enfants, pour sauter dans l'eau, et recommencer, inlassablement.

Les Indiens nagent, ils ont toujours nagé, rien de technique, mais une nage efficace qui permet d'aller assez rapidement d'un point à un autre de la rivière. Je tente de les imiter, mais la distance me fait peur. Je me contente de nager en chien le long de la berge, jamais loin des autres. Nous nous racontons avec mes sœurs des histoires terribles de piranhas et de crocodiles. Les Indiens, eux, voient ce que nous ne voyons pas, devinent le moindre remous à la surface, le plus insignifiant des sons venant d'une berge voisine. S'ils sont dans l'eau, c'est qu'il n'y a pas de danger, répète mon père.

Au fil des jours et des baignades, la peur disparaît et laisse place à la confiance. Trois gamins blonds et blancs jouent dans l'eau avec une flopée d'enfants bruns et dorés sous le regard bienveillant et attendri des adultes. Nous sommes en maillot, les Indiens sont nus. Pudeur de petits Européens. Je porte un maillot noir très classique, à peu près le même qu'aujourd'hui à la piscine. Les Indiens, eux, sont ornés de tatouages aux formes géométriques élégantes, complexes et signifiantes. Leurs corps musclés, cuivrés, imberbes sont dessinés. Le soir, les grands repassent inlassablement les lignes avec une fine aiguille et du charbon sur les jambes des plus jeunes. Je regarde, envieux et inquiet. Parfois, quelques larmes coulent sur le visage des adolescents. Femmes et hommes s'habillent de longs colliers, en dents de singe, agrémentés de perles de couleurs. Leur nudité est d'une infinie pudeur.

Nous sommes à des centaines de kilomètres à vol d'oiseau du premier village, à des milliers de la civilisation que nous connaissons. Nous jouons dans l'eau du matin au soir. C'est mieux que la Bretagne, on n'a jamais froid ! Le meilleur bain est celui de la fin de journée. La lumière dore le fleuve, les éclats scintillent sur toute la surface, la chaleur est plus supportable. Une brise agace les feuilles des arbres. Les hommes rentrent de la pêche ou de la chasse, racontent leurs faits d'armes dans cette langue mélodieuse que les parents comprennent mais dont nous ne saisissons que des bribes. Une langueur s'installe. Nos jeux deviennent plus calmes. Les fumées charrient des odeurs de poisson grillé et de manioc cuit. C'est la bascule, juste avant la nuit sauvage. Il va falloir sortir de l'eau, laisser le fleuve à sa vie nocturne, effrayante, et rentrer dans sa hutte de paille, allongé dans un hamac, en sécurité autour du feu.

Sur mon bureau, je conserve la carte postale d'une photo. Au dos y est écrit un mot de la main de ma mère : « Pour toi, un nageur heureux. » La photo a été prise en 1974 par Claudia Andujar chez les Yanomamis, l'une des tribus les plus grandes et les plus menacées du bassin amazonien. Le cadrage est serré, un visage d'enfant dans l'eau du fleuve, en noir et blanc. C'est un garçon, 7 ou 8 ans, un casque de cheveux noirs coupés au ras des sourcils. Sa bouche est immergée, on la devine. Ses yeux, plissés, sourient. Des lèvres aux oreilles, son visage est orné d'une ligne de points noirs et de demi-cercles, comme s'il avait fallu étirer la joie en un sourire plus large. On ne voit que ce visage, entouré d'une très légère onde créée par le mouvement, et un reflet de lumière. Rien d'autre. Je le regarde, l'odeur me revient et je me souviens. Félicité.

19

Les deux bains grecs

Il y a deux bains grecs. Celui du petit matin, et celui de minuit. Les autres sont des plongeons, des nages de détente ou sportives, des distractions. Aucune n'a la puissance de la nage matinale et du bain de minuit.

Une petite île, dans la mer Égée. Une chambre aux volets blancs, entrouverts pour la brise de nuit, et pour les premières lueurs du soleil. À peine les yeux ouverts, la regarder, elle est déjà réveillée aussi. Pas un mot : juste acquiescer des yeux au désir de la mer. Se lever lentement, prendre chacun sur le petit étendoir en dehors de la chambre son maillot, l'enfiler prestement. Devant la chambre, une terrasse en pierre, une volée de marches, un jardin. Des palmiers, des bougainvilliers, des lauriers-roses et des citronniers. L'odeur des fleurs immaculées du matin, les pieds nus dans la rosée. Le soleil, doucement, franchit la colline dans laquelle le village est niché. Les yeux peinent à se faire à la luminosité, blanche et bleue, du matin grec. On est encore dans la nuit, dans la douceur des rêves ou la peur des cauchemars, et tout à coup elle est là, immense et lumineuse, la mer grecque, « une aigue-marine liquide », dit Paul Morand.

Il ne faut ni parler ni penser. Avancer sur le sable frais. Garder pour soi le silence de la nuit, ne pas commenter la forme de l'eau, ses rides ou son aplat. Très léger mouvement de recul en entrant dans l'eau. Bien sûr, elle est bonne, cette eau, mais fraîche au sortir du lit, quand les peaux sont encore tièdes. Entrer doucement, la mer enveloppe les chevilles, les mollets, les cuisses. Imperceptible tension des corps, et puis avancer franchement, basculer le torse en avant, et au tout dernier moment rompre la surface avec sa tête. Une fraction de seconde avant, c'était encore la nuit, celle d'après, c'est le plein jour, les yeux ouverts sous l'eau. La mer lave la tête du sommeil, éveille d'un coup les sens. Soudain, on est *à* l'eau, on lui appartient. Un par un, les muscles se déplient, le parchemin du corps se gorge d'eau, reprend forme et souplesse.

La baie s'étire sur environ 900 mètres de large, d'une colline à l'autre, une courbe parfaite. La nuit, quelques voiliers viennent y mouiller, au petit matin leur feu de tête de mât est encore allumé. La plage est bordée de tavernes. À cette heure-là, les tenanciers en sont encore à disposer les chaises dans le sable, à passer un coup de balai sur la terrasse, un coup de torchon sur une table. La plage est vide, la baie est libre de tout nageur, elle est à nous.

À l'aller, je pars en brasse, l'émerveillement. On a tort d'opposer la brasse au crawl, comme si ces deux nages étaient contraires. L'une ouvre, l'autre lance. Brasser la langueur de la mer au petit matin, c'est ouvrir son corps, ramener l'eau le long de soi, immerger sa tête, glisser le plus loin possible, puis la sortir pour respirer, et en un éclair embrasser la vue. Il n'y a rien de plus sensuel que la brasse. Le soleil ne brûle pas, il chauffe doucement, il accompagne le mouvement régulier, de plus en plus efficace, des épaules et de la tête. La mer caresse.

Sur les hauteurs de la plage, les églises et leurs murs blancs éternellement repeints. Les clochers servent d'amers. Une fois au pied de l'église-repère, nous nous arrêtons un instant pour contempler. Au fond de la baie, sur les pontons des voiliers, premières odeurs de café, bruits de la vie dans les cabines. Des marins émergent au ponton, éblouis par la baie abordée de nuit, carte en main. Sourires échangés. Demi-tour. Puis, nous repartons à l'autre bout de la baie. Les corps déliés, la parole revient. « En crawl ? » Question rituelle dont chacun connaît déjà la réponse. Le départ est presque gauche, il faut donner un coup de force à sa nage.

En brasse, on nage ensemble, l'un contre l'autre. En crawl, on se suit, on avance plus vite, et le paysage défile. Respiration à droite, la plage. À gauche, le large. Le rythme s'installe, le souffle se cale, les mains battent, les pieds ondulent, le torse coulisse. 900 mètres de crawl pour lancer la journée, lui donner son impulsion. On ne gagne jamais rien à nager. On perd ses oripeaux, on les laisse dans l'eau.

La nuit est tombée depuis longtemps. Il est tard, les tavernes ferment. Les pieds nus dans le sable, on a bu les derniers verres de vin, épais, fruité et sombre. Même les cigales dans les oliviers sont gagnées par l'ivresse, et taisent leur vacarme. Les enfants qui jouaient dans le ressac sont couchés, les discussions les plus ardues s'achèvent en non-lieu. Dans le village, les lumières s'éteignent les unes après les autres, la musique s'évanouit. La fatigue a gagné. À droite des bougainvilliers, une petite échelle en acier rouillé au bout du ponton nous appelle. Ôter ses vêtements, les déposer sur la roche. Descendre doucement l'échelle, pas à pas, jusqu'à la dernière marche, puis glisser dans la mer. Nus. Aucune pollution citadine à des dizaines de kilomètres : la Voie lactée pour plafond, la mer sombre et chaude pour lit. Se laisser flotter, brasser le plus doucement possible pour ne pas abîmer la poussière d'étoiles dans les reflets de l'eau. Sentir peu à peu son corps enveloppé. Au loin, le dernier ronronnement du moteur d'une annexe, seul vestige de civilisation connue, avec les lumières des navires passant au large. La mer n'a ni fond ni surface, elle est une, sombre et calme. « Elle était chaude comme un corps, fuyait le long de son bras, et se collait à ses jambes d'une étreinte insaisissable et toujours présente », écrivait Camus. Une petite brise se lève, fraîche. On voudrait que l'heure fût éternelle. C'est l'heure, glisser alors une dernière fois dans la mer avant les draps.

20

Hellespont

Un mythe, un détroit, deux nageurs et un peintre. Commençons par la géographie, la mère de toutes les histoires. Le détroit de l'Hellespont est mythique depuis l'Antiquité. Il relie la mer Égée à celle de Marmara, et donc la Méditerranée à la mer Noire. Autant dire qu'il s'agit de l'un des passages maritimes les plus convoités et les plus empruntés du monde. Il est aujourd'hui contrôlé par les Turcs, mais il a été perse, grec, génois, vénitien, byzantin. Il fait 61 kilomètres de long et, dans sa plus courte largeur, un peu plus d'un kilomètre et demi, presque un mille marin. Comme tout détroit, il relie deux mondes. Et il est toujours tentant de relier deux mondes à la nage.

Un peu de mythologie s'impose : Héro vit à Abydos, sur la rive asiatique, et tombe amoureuse de Léandre, qui habite Sestos, sur la rive européenne. Leur amour est interdit. Pourtant ils décident de le vivre. Chaque nuit, le courageux Léandre traverse à la nage l'Hellespont pour rejoindre sa dulcinée. Elle allume un fanal qui le guide tout au long de la traversée du détroit. Le temps d'une étreinte, Léandre retourne chez lui. Trois kilomètres de nage chaque nuit. Comme l'écrit Ovide, « ni les vents contraires, ni les mers en furie ne peuvent jamais retenir celui que l'Amour commande ». Mais, une nuit d'hiver, la tempête éteint le fanal d'Héro, elle ne parvient pas à le rallumer. Léandre est perdu dans l'écume, s'épuise, nage à contre-courant, dans les vagues. Il s'épuise et, soudain pris d'une crampe, il meurt. La mer ramène son cadavre au pied de son amoureuse. Elle se jette sur lui et meurt de chagrin. Le mythe de l'Hellespont est né. Le peintre, ensuite. J.M.W. Turner est le maître anglais de la lumière. La National Gallery, à Londres, expose en permanence un tableau saisissant pour tout nageur un peu rêveur, *La Séparation de Hero et Léandre*. On y voit un ciel nocturne chargé, la lune qui peine à émerger des nuages, la belle Héro de dos qui tient une lampe, debout sur un promontoire au pied d'une ville. La mer est très agitée, les vagues cassent sur des rochers coupants. Le corps de Léandre, mort, gît dans l'obscurité. Turner, paraît-il, était obsédé par cette tragique histoire, et a dessiné de nombreux croquis de la scène finale avant de peindre son chef-d'œuvre en 1837. On raconte aussi que l'idée de ce tableau lui est venue en lisant Byron.

Le 3 mai 1810 pour être précis, au bord de l'Hellespont toujours. Lord Byron a 22 ans, et déjà plus très loin de sa fin (il meurt en 1824). Éméché comme souvent, il déclame ses poèmes et les textes antiques qu'il connaît par cœur. Génie malheureux, controversé, criblé de dettes d'argent et d'amour, il est l'un des plus grands poètes romantiques anglais. Il écrit, traverse l'Italie, la Grèce, prend fait et cause pour les indépendantistes grecs, se bat, lit, boit des litres de vin, écrit encore. Byron est surtout un nageur enragé. Né avec un pied bot, il n'y a que dans l'eau ou dans l'ivresse totale qu'il peut oublier son infirmité. Il nage partout avec la rage au cœur, dans la mer, les rivières, les lacs. Il y noie ses chagrins d'amour (ils sont nombreux) et son orgueil. Quelques jours avant ce 3 mai, nous sommes alors en avril 1810, Byron lit Ovide et décide de se mesurer à Léandre. Avec fougue, il entre dans l'eau. Après tout, il est Lord Byron, rien ne lui résiste. À terre, c'est un petit dandy infirme et séduisant, dans l'eau, il se métamorphose en nageur puissant et endurant. Mais il n'a mesuré ni les courants qui se croisent entre les deux mers, ni la température de l'eau (glaciale en raison de la fonte des neiges). Au bout de quelques centaines de mètres, il dérive, prend peur et fait demi-tour pour rejoindre la rive. Mais il ne renonce pas. Il patiente. Le 2 mai, la frégate *Salsette* de la Marine anglaise accoste dans l'Hellespont. À son bord, un ami de Byron, autre nageur très expérimenté, le lieutenant Ekenhead. Byron le convainc de tenter l'aventure avec lui. L'eau est un peu moins froide, et ils seront sous la surveillance d'une chaloupe de la Marine. Ekenhead est emballé par le défi. Cette fois-ci, Byron ne tente pas la ligne droite, mais une trajectoire en biais, pour contrer le courant. Une heure et dix minutes plus tard, il pose le pied en Asie, non loin des vestiges d'une tour, peut-être celle d'où Héro éclairait les traversées de Léandre. Ivre de bonheur, même si le lieutenant a été plus rapide que lui de 5 minutes, il rédige quelques jours plus tard un poème à la gloire de l'Antiquité, de l'amour, de la nage, et bien sûr de son exploit. Texte qui inspirera tout au long du XIXe siècle poètes et peintres, dont Turner. Et donnera corps à sa légende : poète nageur, valeureux guerrier au pied bot. Scandaleux Byron.

Contrairement à Lord Byron, Patrick Leigh Fermor a vécu très longtemps et n'a provoqué aucun scandale. Ils partagent pourtant plusieurs points communs. Britanniques et adulés en Grèce, écrivains, ils n'ont pas hésité à prendre les armes. Et, *last but not least*, Leigh Fermor a franchi l'Hellespont 174 ans après son illustre prédécesseur. Issu de la bourgeoisie anglaise, le jeune « Paddy », comme l'appellent ses proches, s'ennuie dans son pensionnat et décide à 18 ans de traverser l'Europe à pied. Il embarque pour la

Hollande en 1933 et arrive à Constantinople en 1935. Pendant la guerre, engagé dans les forces spéciales, il participe à l'enlèvement du général nazi Kreipe en Crète, ce qui lui vaudra pour toujours un statut de héros en Grèce. Là, dans ces eaux turquoise, il jette l'ancre pour établir son camp de base, sillonne le pays et ses traditions, à pied, à la voile ou à la nage, écrit des récits de voyages devenus cultes. Après des détours par le monde du cinéma aux États-Unis, Leigh Fermor s'installe dans le sud du Péloponnèse pour écrire ses mémoires et nager le plus souvent possible. En 1984, « Paddy » a 69 ans. Il a un objectif: nager comme Byron. Même s'il n'est plus de la première jeunesse, malgré les années de cigarettes et de whisky, l'écrivain se sent en pleine forme. On ne parle plus de l'Hellespont mais des Dardanelles, depuis la bataille éponyme qui opposa l'Empire ottoman aux troupes britanniques et françaises pendant la Première Guerre mondiale. Sa femme Joan l'escorte dans un petit bateau conduit par un pilote, et lui indique régulièrement du bras la direction de l'Asie. Il réussit sans encombre sa traversée, et Charles Sprawson rapporte dans son essai historique *Héros et nageurs* le souvenir d'un « étrange bruit sifflant » sous l'eau et de formes grises. Leigh Fermor découvrira quelques jours plus tard qu'il s'agissait d'un sous-marin russe naviguant dans le détroit. Il faut croire que la nage conserve car le grand écrivain est mort à 96 ans dans sa merveilleuse maison du Magne, bordée de pins géants et d'oliviers centenaires, au bord d'une crique d'eau cristalline dans laquelle il se baignait tous les jours.

21

Les Anglais

Il faut être honnête. Sans les Anglais, nous ne nagerions peut-être pas. Ou bien nous nagerions sans histoire, sans élégance, sans référence. Je dois cette déclaration à ma cousine. Le 27 février, Aurore m'envoie une photo : « Baignade dans le Ladies Hampstead Pond. 6,5°, en maillot, ravigotant ! » Sur l'image, des arbres, le bassin de Londres, une douce lumière, et Aurore, port altier, cheveux blonds en chignon au-dessus du crâne. La même élégance que notre grand-mère, et pour ainsi dire les mêmes mots : « ravigotant ». Aurore est l'Anglaise de la famille, elle est devenue officiellement britannique et exerce ses talents d'architecte de l'autre côté de la Manche. Comme notre grand-mère, elle vit à vélo et nage autant que possible. Un autre jour d'hiver, elle m'envoie une petite vidéo, « Ma piscine ce matin, West Reservoir ». C'est un lever de soleil rose sur une eau sombre. Au loin, les immeubles de Londres, les premières lumières des bureaux. En bande-son, des oiseaux pour accompagner son bain matinal dans cette immense étendue aquatique en pleine ville. Elle nage avant d'aller travailler, quels que soient la température ou le temps. De l'influence britannique de la famille bretonne, Aurore a pris au pied de la lettre l'un des principes essentiels : le travail et les occupations ne doivent jamais empêcher de nager, au contraire, nager permet de travailler et d'avoir des occupations. Elle a donc décidé de vivre dans une capitale qui compte plus de 500 piscines et bassins, quand nous en dénombrons 44 avec fierté à Paris.

C'est à Londres qu'est créé le premier club de natation au monde. En 1828, d'anciens élèves d'Eton lancent la Swimming Society. Pour la première fois dans l'Histoire, des hommes (et bien plus tard des femmes, mais n'allons pas trop vite) se regroupent autour d'une passion. Ils sont pour la plupart bien nés, ont étudié dans le meilleur collège du pays, fanatiques de textes antiques, fascinés par leur corps et celui de leurs camarades, ils vivent nus le plus souvent possible, et écrivent de la poésie. La plupart d'entre eux se sont contentés de vivre et de nager, d'autres sont devenus des gloires du romantisme anglais aux parcours parfois semés de scandales.

Le grand Charles Sprawson, qui s'est plongé à la fois dans les eaux et dans les archives anglaises, raconte l'obsession de ces jeunes nageurs pour la Grèce antique : leur plongeoir dans la Tamise s'appelait « Athènes » et ils avaient pour devise une phrase célèbre de Pindare : « L'eau est la meilleure des choses. » Chaque bain en rivière, en lac ou en réservoir est une occasion de déclamer quelques vers, ou mieux d'en écrire, en mêlant références antiques et érotiques. Trois grands noms du romantisme britannique sont associés à leur génie poétique, à leurs frasques et à la natation : Lord Byron, Shelley et Swimburne. Pour tous les nageurs de la Swimming Society de l'époque, mais encore d'aujourd'hui, ces hommes incarnent un esprit de liberté et de rejet des carcans de l'époque car ils nagent nus des heures durant à contre-courant, de la Tamise comme de la société. Il est assez probable qu'au début de ce mouvement on les ait pris pour de curieux personnages. Mais, au fil des années, il fallut bien constater qu'une mode était lancée. Dans tous les milieux élégants et cultivés du pays, on s'est mis à nager, au bord de la mer, à la campagne, et même en ville.

À cette époque se développent les bains de mer sur les rivages de la Manche. D'abord côté anglais, puis à Dieppe, où naquit la première Société de natation française. La ville était, et l'est restée, considérée comme un « pays de santé », où se sont développés plus que partout ailleurs sur cette côte la passion de la nage et des bains de mer.

C'est d'ailleurs un écrivain français, Guy de Maupassant, qui sauva de la noyade le grand Algernon Charles Swimburne. Le poète victorien, lui aussi formé à Eton, célèbre pour ses vers décadents et son amour de la nage, avait loué avec un ami une maison à Étretat en 1868. Maupassant, de sa fenêtre, avisa un homme dans l'eau, passant sous la célèbre aiguille, puis dérivant. Il alerta des pêcheurs, et le sulfureux poète fut sauvé *in extremis*. Ce qui vaudra à Maupassant quelques mémorables invitations à dîner et sa première nouvelle fantastique (*La Main d'écorché*).

Les romantiques anglais ne se contentent pas de lire l'Antiquité. Ils la vivent. Ils s'embarquent pour de longs voyages en Italie, en Grèce, à la recherche de leurs racines et de bains de mer plus exotiques. En 1815, Byron s'installe à Venise, plonge tous les jours nu dans la lagune, nage du Lido jusqu'au Grand Canal, portant parfois à bout de bras une bouteille de vin pour se désaltérer à l'arrivée. Il invite ses amis et compagnons de beuveries excentriques à se joindre à ses bains. Venise, en pleine déconfiture militaire, retrouve des couleurs grâce à ces Anglais déjantés. Elle devient l'un des passages obligés du Grand Tour des aristocrates européens et une véritable station balnéaire. On installe des bassins flottants dans les canaux et on vante les bienfaits de la balnéothérapie. Allemands, Français, Scandinaves, tout ce que l'Europe compte de jeunes fortunés va se convertir à cette mode anglaise du bain. Au même moment naît en Europe un engouement pour la Grèce : non seulement on salue son héroïsme face à l'Empire ottoman et sa lutte pour l'indépendance mais en plus elle est maritime. C'est le combat rêvé pour ces Anglais épris de liberté et de nage : le philhellénisme a clairement accompagné la naissance et la pratique de la natation !

Cent cinquante ans plus tard, il n'était pas tout à fait étonnant que ma famille bretonne propage les vertus du bain de mer, l'excentricité en moins. À table, les littératures anglaises et américaines circulaient aussi vite que le pichet de vin et le chutney, parfois émaillées de références antiques et de souvenirs de voyages en Italie ou en Grèce. Bien sûr, Jane Austen et Conrad avaient depuis longtemps remplacé Byron et Swimburne au pinacle des références. Mais il restait un lointain héritage des pionniers d'Eton, qui se définissaient en « psychrolutes », terme détourné pour désigner ceux qui appréciaient surtout les bains en eau froide. De Londres à Port-Blanc, le fil familial est littéraire et aquatique. « Le goût du bain, chez nous, est un goût acquis. Chez les Anglais, il est inné », écrit Paul Morand. L'hiver, quand Aurore vient de Londres passer quelques jours dans le village familial, elle signe son passage d'un long bain de mer glacée. « Ravigotant. »

22

Le dernier bain de l'été

Depuis quelques jours, l'air est plus frais le soir. Le soleil se couche tôt. Le mois de juin semble très lointain. Volets fermés, jardins déserts. Des longues tables et des dîners sans fin, ne subsiste que l'écho dans les maisons vides. Les amis sont partis. Le téléphone sonne plus souvent, et ce n'est pas pour connaître l'heure de la marée. On reste évasif. Jusqu'au dernier instant, on voudrait échapper au réel, comme les enfants, prolonger les grandes vacances. L'été a filé. Les Brésiliens ont un mot merveilleux pour décrire cette sensation, la « saudade ». Une nostalgie heureuse de l'instant. Ce n'est pas une tristesse intense et larmoyante. C'est le regret de voir s'évanouir sous nos yeux le bonheur, de connaître à l'avance le manque, de savoir ce qui bientôt ne sera plus. Dans *La Presqu'île,* Julien Gracq décrit l'appel du bain de mer en Bretagne : « La marée monte, et des images exultantes et claires se pressèrent dans son esprit en foule. […] tout cela atteignait pour lui un moment à une espèce de point suprême, de fête complète, écumeuse et fouettée, où se mêlaient, à l'heure même où Vénus sort de la mer, l'exubérance des corps jeunes, l'orient de la perle, la tombée de la neige des cimes des glaciers, la brutalité d'une charge de cavalerie : "l'été n'est pas fini", songea-t-il, tout ragaillardi. »

Les maillots sèchent encore sur le tancarville. Un geste suffit pour les enfiler et descendre à la mer. Bien sûr, il aurait fallu déjà être sur la route, tristement vissé derrière le volant, ne pas faire l'enfant. Et pourtant… Il est à peine sept heures du soir, la mer a envahi le port. Les marches de la plage sont immergées. Tous les trois, grisés par cette petite farce faite au temps qui file, nous courons vers l'eau en maillot de bain. De la terrasse du café du port, le patron nous hèle en riant : « Ah, vous n'êtes pas encore partis ? » tandis que nous descendons sur le sable comme des enfants pris en faute. C'est le « grand bain » du soir. La dernière grande marée de l'été.

Nous entrons dans l'eau, presque chaude à force de s'offrir au soleil. Elle est lisse, impeccable, dressée pour une soirée entre amoureux. Vêtue de bleu, vert et or. Pas une ride. Nos corps bronzés, affinés par les heures de nage et de jardinage, de surf et de vélo entrent dans la mer avec respect. Le moment est sacré, nous le sentons. Ce sera le bain des adieux, celui de la gratitude et d'une délicate tristesse.

Dans quelques semaines commenceront les bains froids et sportifs. Demain ce sera la ville, le gris, la tension et la course. Ce soir, le temps est suspendu. La mer infinie. L'onde de nos gestes lents brise les reflets d'or du dernier soleil de l'été. Soudain, nous avons tout notre temps. Rien ne presse. Vers l'ouest, nous nageons, la lumière dans les yeux, la chaleur sur les joues. Sur le rivage, les grands pins sont figés, au garde-à-vous pour la dernière nage. Penser à ces mots de Paul Morand : « La mer n'a pas d'âge, couverte de rides, elle les perd aussitôt. » Sans un mot, nous passons la « roche tombée ». Une pointe d'émotion, une larme retenue, aussitôt dissoute dans l'eau. Il faut pourtant rentrer au port. Je ralentis encore, découpe un à un les mouvements pour sentir la caresse marine. Je suis bon dernier. La grande bleue s'assombrit, les ultimes rayons du jour éclairent la brasse gracieuse de Laurence, le crawl délicat de Clea.

Table

Achevé d'imprimer sur Roto-Page
par l'Imprimerie Floch à Mayenne
en mai 2022.
Numéro d'imprimeur : 100544.

Imprimé en France.